KB252982

무정철협

월인 新무협 판타지 소설

FANTASTIC ORIENTAL HEROES

무정철협 ㅁ

월인 新무협 판타지 소설

초판 1쇄 찍은 날 § 2013년 8월 26일
초판 1쇄 펴낸 날 § 2013년 9월 2일

지은이 § 월인
펴낸이 § 서경석

편집부장 § 권태완
편집책임 § 박은정

펴낸곳 § 도서출판 청어람
등록번호 § 제1081-1-89호
등록일자 § 1999. 5. 31
어람번호 § 제2-2387호

주소 § 경기도 부천시 원미구 심곡2동 163-2 서경B/D 3F (우) 420-822
전화 § 032-656-4452 팩스 § 032-656-4453
http://www.chungeoram.com
E-mail § chungeorambook@daum.net

ⓒ 월인, 2013

ISBN 978-89-251-3440-6 04810
ISBN 978-89-251-3131-3 (세트)

무정철협

월인 新무협 판타지 소설

FANTASTIC ORIENTAL HEROES

9

복수행

도서출판 청어람

目次

제102장 공작(工作) | 7

제103장 항마백룡대 | 29

제104장 잔당(殘黨) | 51

제105장 어부지리(漁父之利) | 71

제106장 잠입 | 103

제107장 파괴 | 121

제108장 이중 포위망 | 137

제109장 재대결 | 157

제110장 역전 | 175

제111장 절반의 복수 | 203

제112장 천군만마 | 229

제113장 하산 | 245

제114장 전향(轉向) | 269

第百二章
공작(工作)

“야, 신참!”

사내 하나가 버럭 고함을 질렀다.

날카로운 눈매에 역 팔자로 치켜 올라간 눈썹은 절로 사나운 느낌을 주었다.

“예, 당두님!”

신참이라 명명된 청년이 얼른 달려왔다.

약간은 맹해 보이는 표정과 함께 흐릿한 눈빛을 한 청년이었다.

“어제 조사하라고 시킨 것은 어찌 됐어?”

사내가 날카로운 눈으로 청년을 쏘아보았다.

“그게……..”

청년의 손이 뒷머리 쪽으로 올라갔다.

“그게 뭐?”

사내의 역 팔자 눈썹이 꿈틀거렸다.

“아직…….”

퍽!

사내가 청년의 정강이를 걷어찼다.

“으아아―”

청년이 천장이 무너져라 고함을 지르며 다리를 쥐고 팔짝
팔짝 뛰었다.

“아픈 것은 어떻게 그렇게 빨리 느끼느냐, 이 멍청한 놈
아!”

“십이 당두님께서 다른 것을 시키는 바람에…….”

사내가 주먹을 들어 올리자 청년이 구석으로 도망가며 변
명을 했다.

“네놈 직속상관이 누구냐?”

사내가 기가 찬다는 표정으로 청년을 향해 으르렁거렸다.

“그, 그야… 구 당두님이지요.”

“그런데 내가 시킨 것은 뒤로 제쳐두고 다른 당두가 시킨
것을 먼저 했단 말이냐, 이 밥벌레 같은 놈아.”

사내가 다시 청년의 정강이를 걷어찼다.

청년이 아까보다 더 큰 비명을 지르며 정강이를 부여잡고

바닥을 굴렀다.

"대체 이런 놈이 어떻게 동창의 일원이 된단 말이냐. 썩어도 더럽게 썩었다."

동창의 아홉 번째 당두인 도건욱(途鍵旭)이 기도 안 찬다는 표정으로 바닥을 뒹굴고 있는 청년을 쳐다보며 씩씩거렸다.

청년은 여전히 비명을 지르며 일어나지 않았다. 아프기도 했지만 일어나 봐야 더 맞을 것이 분명하니 아예 드러누워 시간을 버는 것이다.

"하긴… 돈만 주면 도독 자리도 살 수 있는데 동창에 이런 놈 하나 끼워 넣는 것은 일도 아니지. 나 역시 마찬가지고."

한참 씩씩거리던 도건욱은 조금 누그러진 표정과 함께 자리에 앉았다.

자신의 말대로 그는 몇 달 전에 공석이 된 구 당두 자리를 막대한 돈을 들여 차지한 것이다. 그런 상황이니 번역들이야 하루에도 수십 명씩 들어올 수도 있다.

"엄살 그만 떨고 일어서!"

도건욱이 청년을 향해 고함을 질렀다.

다 죽어 가는 듯 고함을 지르던 청년이 벌떡 일어서며 도건욱 앞에 섰다. 그리고는 언제든지 다시 드러누울 준비를 했다.

"상관세가에서 어떻게 네놈 같은 인간이 나왔는지 모르겠다."

도건욱이 혀를 찼다.

"그래도 가문에서는 수재로……."

"닥쳐! 이 덜떨어진 놈아!"

청년이 변명을 하려 하자 도건욱이 고함을 쳐서 청년의 입을 막았다.

청년의 이름은 상관중호(上官中虎)로 최근 자신이 거느린 번역들 틈에 끼어들었다.

무공은 별로지만 정보의 분석능력이 뛰어나다며 일 당두가 천거해 주었는데 돈을 받고 한 자리 팔아먹은 것이다. 하지만 자신 역시 돈을 주고 구 당두 자리를 샀기에 거절할 상황이 아니었다. 또한 그런대로 분석력이 있어 안에 두고 사무직으로 쓰기엔 큰 불편함이 없었다.

처음엔 그렇게 잘나갔는데 한 달 정도 시간이 지나고 꾀가 생기자 온갖 게으름을 다 피웠다.

잠시 눈만 팔면 자리를 비우기 일쑤였고, 어떤 일이 더 중요한지도 모르고 뒤죽박죽 서류를 정리하기도 했다.

위협도 하고 때려도 봤지만 그때뿐이었다.

치도곤을 당해도 이틀만 지나고 나면 또 자리를 비웠고, 시킨 일도 제때 해놓지 않았다.

그럴 때마다 도건욱은 속이 부글부글 끓었지만 일 당두가 뒤를 봐주는 놈이니 마음대로 내칠 수도 없었다. 그래서 더 속이 끓는 것이다.

그나마 다행인 것은 한 번씩 걷어차이고 나면 그때부터는 시킨 서류정리를 서둘러 했는데 문장력이 좋고 특히 필체가 달필이었다. 그런 면에서는 첩형마저도 감탄을 할 정도였다.

"대체 넌 무엇하러 이곳에 들어왔냐? 차라리 글공부를 더 해서 과시에라도 도전해 보지."

도건욱이 혀를 차며 물었다.

"요즘은 줄이 없으면 글공부 같은 건 아무리 해봐야 아무 짝에도 쓸모가 없습니다. 차라리 권력의 핵심인 이곳 동창이 훨씬 더 가능성이 있습니다."

"얼씨구!"

도건욱이 입꼬리를 비틀었다.

딱히 틀린 말도 아니지만 이곳이라고 다를까, 사람 사는 곳이면 다 마찬가지다. 그래도 놈이 그런 생각을 했다는 것은 가상했다. 그렇게 조금 평가가 바뀌려는 순간 청년이 제 얼굴을 향해 침을 뱉었다.

"아버지께서 그렇게 말씀하셨습니다."

"그럼 그렇지. 네놈이 무슨 그런 생각까지 했겠느냐."

도건욱이 헛바람을 토했다.

"네놈 집안 사정이야 어떻건 내가 상관할 바 아니고… 시킨 일을 어서 하란 말이다. 이 망할 놈아!"

"아, 알겠습니다."

청년이 얼른 서류 뭉치들을 앞으로 끌어당겼다. 그리고는 빠르게 읽어나갔다.

"오늘 저녁까지 다 해놓지 못하면 네놈 정강이는 금이 갈 테니 그렇게 알아라."

도건욱이 잡아먹을 듯 으르렁거리며 밖으로 나갔다.

"휴!"

구 당두 도건욱이 나가자 상관중호는 긴 한숨을 내쉬며 허리를 폈다.

"정강이 상처가 아물 날이 없겠군. 쯧!"

상관중호는 자신의 다리를 내려다보며 혀를 찼다.

그런 그의 눈빛은 지금까지의 흐리멍덩한 빛은 한 점도 남아 있지 않고 명경지수보다 더 맑게 빛나고 있었다.

"어쨌든 서류 정리는 해야지."

스슥!

슥슥!

상관중호는 빠르게 붓을 놀렸다.

그의 붓놀림은 무림고수의 검법처럼 현란하고 쾌속했다.

"이건 이 정도면 됐고……."

탁자 위의 서류를 정리한 상관중호는 품에서 두루마리 하나를 꺼내 탁자에 펼쳤다.

두루마리에는 이상한 그림과 뜻 모를 문자가 빽빽이 적혀 있었다.

상관중호는 안광으로 구멍이라도 낼 것처럼 두루마리 위

를 쳐다보았다.

“분명 그 여자로부터 시작되는 것 같은데 접근할 방법이 없어.”

한참 동안 두루마리 위를 쳐다보던 상관중호는 고뇌에 찬 표정으로 고개를 흔들었다.

“어떻게 하나?”

상관중호는 붓대를 입에 물고 실성한 사람처럼 탁자 주변을 빙빙 돌았다.

무언가 생각이 나지 않을 때 그가 하는 버릇이었다.

“역시 힘들어. 놈들은 지독할 정도로 철저히 대비를 하고 있어. 휴—”

상관중호는 긴 한숨을 내쉬며 탁자 앞 의자에 털썩 주저앉았다.

그의 눈빛이 더욱더 현현하게 빛났다.

상관세가의 둘째 아들 상관중호!

그는 최근 조직된 오룡회의 일원이었다. 그리고 지금은 동창의 번역으로 스며들어 이곳에서 암약하고 있었다.

그는 그동안 이곳 동창에서 여러 가지 정보를 정리하고 분석하며 요공공을 움직이는 자들에 대해서 은밀하면서도 광범위하게 조사를 했다.

그 결과 그를 움직이는 자는 뜻밖에도 정체가 전혀 드러나지 않은 여인이라는 결론을 얻었다.

하지만 그 여인이 누구인지, 누구와 접촉을 하는지에 대해서는 전혀 아는 것이 없었다.

요공공은 그녀의 존재를 그 누구에게도 드러내지 않고 철저히 숨긴 채 혼자서만 접촉하고 있었다. 물론 그건 요공공의 의도라기보다는 그녀의 의도일 가능성이 높았다.

그녀는 철저히 자신을 숨긴 채 요공공을 조종하고 있는 것이 분명했다.

그런 결론까지는 도달했지만 그녀에 대해서는 오리무중이었다.

그야말로 그녀는 안개 속의 여인이었다.

"지푸라기라도 잡는 심정으로 조금 더 졸라봐야겠어."

입맛을 다신 상관중호는 자리에서 일어나 얼른 밖으로 나갔다.

"공자님 또 왜 이러십니까?"

상관중호 앞에 선 시녀 하나가 난처한 표정을 하며 콧소리를 내었다.

표정은 난처하기 짝이 없어 보였지만 몸을 꼬는 교태나 절로 흘러나오는 콧소리는 절대로 싫지 않은 모습이었다.

"내가 오죽하면 이러겠느냐. 이러다간 출세는커녕 빛도 한번 못 보고 쫓겨날 처지다."

상관중호가 애절한 목소리를 토하며 시녀를 쳐다보았다.

죽는 시늉을 했지만 영준한 얼굴과 훤칠한 키는 여인들의 가슴을 설레게 하기에는 부족함이 없었다.

"그렇다고 제가 무슨 힘이 있답니까. 공자님 같은 분이 죽으라고 하시면 이 자리에서라도 죽어야 하는 하찮은 시녀일 뿐인데요."

시녀가 더욱 붉어진 얼굴과 함께 답했다.

그녀의 이름은 정정이었는데 동창에서 창위들의 시중을 드는 시녀였다.

"그래도 네가 요공공, 아니, 공공대부님 처소에서 일하는 여인들과 가장 가까운 위치가 아니냐. 그러니 그쪽과 선이 닿을 수 있는 방도가 있을 것 아니겠느냐."

상관중호가 여전히 모성애를 자극하는 표정으로 통사정을 했다.

"그쪽은 철저히 자기들끼리 놀아서 우리는 눈도 마주치기 힘들어요. 예전에는 그래도 인사 정도는 했는데 이상하게도 근래에 들어서는 만나기 힘들어요. 아마도 내부에서 철저히 통제를 하고 있는 것 같아요."

시녀 정정이 의구심이 이는 표정과 함께 말했다.

그녀의 말대로 요공공 처소에서 일하는 시녀들은 언젠가부터 철저히 폐쇄적으로 움직이기 시작했다. 그래서 이젠 그곳에 누가 일하고 있는지도 알기 어려운 상황이 되었다.

요공공의 위치가 격상되며 그야말로 일인지하 만인지상의

신분이 되었기에 그럴 수도 있지만 좀 심하다는 생각이 들었다.

"그래도 너희끼리는 어떻게 방법이 있을 것 아니냐. 내가 오죽하면 이러겠느냐. 이것 좀 보아라."

상관중호는 바지를 걷어 올려 시퍼렇게 멍이 든 정강이를 보여주었다.

"어머!"

다리이긴 하지만 남자의 속살을 갑작스럽게 대한 정정이 놀란 시늉을 하다가 슬그머니 눈을 돌려 상관중호의 정강이를 쳐다보았다.

정강이 한 곳은 시퍼렇게 멍이 들고, 다른 한 곳은 피부가 벗겨져 피가 흐른 흔적마저 있었다.

"쯧쯧!"

정정이 혀를 찼다.

"매일 이런 일을 당하고 사는 처지니 언제 목이 달아날지 모른다. 그러기 전에 든든한 줄이라도 하나 잡아야 하지 않겠느냐."

상관중호가 더욱 처량한 목소리를 토하며 품에서 무언가를 꺼냈다.

"그리고 이것은 내가 며칠 전에 우연히 얻은 것인데 너에게 잘 어울릴 것 같아서 가지고 왔다."

상관중호가 목갑 하나를 시녀에게 건넸다.

"이게 무언가요?"

정정이 눈을 반짝이며 목갑을 열었다.

"어머나!"

정정이 두 배로 커진 눈과 함께 탄성을 토했다.

목갑 안에는 화려한 머리 장신구 하나가 들어 있었다.

중간에는 영롱한 빛을 뿜는 보석이 박혀 있어 은자로 수십 냥은 주어야 살 수 있는 고급 장신구로 보였다.

"이걸 어디서……."

정정이 몽롱한 표정을 하며 말했다.

"우리 하는 일을 잘 알지 않느냐. 일을 하다 보면 이따금씩 그런 것도 생긴단다. 앞으로도 너에게 어울리는 것은 챙겨두었다가 줄 터이니 그쪽으로 줄을 좀 대보거라. 제발 부탁이다."

상관중호가 다시 애절한 목소리로 말했다.

"알겠어요, 위사님! 내 최선을 다해 알아볼게요."

정정이 얼른 장신구를 품에 넣으며 고개를 끄덕였다.

"그럼 꼭 부탁한다."

상관중호가 빙긋 미소를 지은 후 등을 돌려 사라졌다.

상관중호의 모습이 멀어진 한참 후에도 정정은 그 자리에서 멍하니 서 있다가 주변에서 다른 시녀들의 목소리가 들리자 비로소 정신을 차리고 빠르게 걸음을 옮겼다.

“어떻게 되었느냐?”

며칠 후 상관중호가 시녀 정정을 향해 물었다.

“겨우 그쪽에 있는 시녀 한 명을 만났는데 극도로 조심을 하고 있어 쉽지가 않아요.”

정정이 어깨를 잔뜩 움츠리며 답했다.

“그래. 그녀는 어떻게 만날 수 있지?”

상관중호가 다시 물었다.

준수한 가운데 간절함이 묻어 있는 얼굴은 모성애를 자극시켜 어떤 여자든지 부탁을 들어주지 않을 수 없을 것 같았다.

“제가 만날 수 있는 길은 없어요. 그녀가 연락해 오기로 했어요.”

정정이 볼을 발갛게 물들이며 말했다.

“그럼 기다리는 수밖에 다른 방법이 없단 말인가?”

상관중호는 입맛을 다시며 물었다.

“지금은 그래요. 하지만 한 번만 더 만나면 서로 약속을 잡을 수 있을 것 같아요.”

정정이 자신감 어린 표정으로 답했다.

“그래. 꼭 그렇게 해다오. 내 자리가 점점 더 위태로워지는 게 이러다간 온다 간다 인사도 못하고 이별할지도 모르겠다.”

상관중호가 우는 소리를 하자 정정의 표정도 울상이 되었다.

동창의 위사 치고는 좀 맹한 구석이 있지만 너무 잘생긴 사내였다. 또한 마음 씀씀이도 넉넉해 뇌물로 들어오는 물건들은 사욕을 채우지 않고 모조리 자신에게 건네주었다. 그 때문에 자신은 그동안 제법 돈을 모을 수 있었고 고향에 있는 가족들을 굶주림에서 구해낼 수가 있었다.

그런 사내가 인사도 하지 못한 채 사라진다면 하늘이 무너지는 심정이 될 것이다.

"조금만 기다리세요, 위사님. 다음번에는 기필코 약속을 정해서 만나게 해드리겠어요."

정정이 크게 고개를 끄덕이며 상관중호를 안심시켰다.

"고맙다. 너뿐이다."

상관중호가 같이 고개를 끄덕이며 정정의 손을 잡았다.

정정이 깜짝 놀라서 손을 빼려 하는 순간 상관중호가 그녀의 손바닥에 무언가를 놓아주었다.

금비녀 한 개였다.

묵직한 중량감이 족히 한 냥은 되어 보였다.

"공자님, 이건?"

"어떤 멍청한 놈이 이걸 뇌물이라고 주었는데… 내가 비녀 쓸 일이 어디 있겠느냐. 이것도 네 복이다."

상관중호가 빙긋 미소를 지었다.

그 미소를 대한 정정의 눈이 취한 듯 풀어졌다.

"어서 가보아라. 누구 눈에 띄기 전에."

상관중호가 손을 흔들자 정정이 제정신을 차리고 얼른 신형을 돌렸다.

휘익―

정정이 사라지고 난 직후 상관중호는 바람처럼 몸을 날려 전각의 지붕 위로 올라섰다.

탁탁탁!

조금 전 상관중호가 섰던 자리에 다른 여인 하나가 달려왔다.

상관중호가 포섭한 정정과 비슷한 차림의 시녀였다.

"심심하면 빠져나와 누군가를 만나는 것 같은데……."

여인이 고개를 갸웃거리며 정정이 사라진 방향을 쳐다보았다.

가늘어진 그녀의 눈이 매처럼 날카롭게 빛났다.

"아무래도 수상쩍어. 보고해야겠어."

여인이 결심한 듯 한숨을 내쉬었다.

그 순간 미세한 파공음과 함께 여인의 목덜미에 지풍 한줄기가 날아들었다.

입을 딱 벌린 여인이 비명도 지르지 못한 채 뻣뻣하게 굳어졌다.

휘익―

전각 지붕에서 뛰어내린 상관중호가 통나무처럼 뒤로 넘어가는 여인을 재빨리 안아들었다.

여인을 가볍게 바닥에 눕힌 그는 신속히 여인의 정수리에 손가락을 가져갔다.

천령개라고 부르는 백회혈이었다.

이 상태에서 조금만 내력을 주입해서 눌러도 생명이 끊어진다.

여인 역시 그걸 아는지 두 눈에 극한의 공포감이 어렸다.

"걱정 마시오. 난 그렇게 악한 놈이 못 되오."

부드럽게 말한 상관중호가 손끝에 내력을 조금 불어넣었다.

생명을 끊을 정도는 아니지만 여인은 오늘 일은 기억 못할 것이다. 또한 상관중호가 포섭한 시녀 정정을 떠올릴 때마다 통증을 느끼며 심한 거부감이 들 것이다. 그러다 보면 본능적으로 그쪽으로는 생각이 미치지 못하게 된다.

"그럼 다시는 보지 맙시다."

여인을 일으켜 세우고 장난처럼 말한 상관중호가 몸을 날렸다.

"아니?"

잠시 후 정신이 든 여인이 연신 고개를 갸웃거렸다. 자신이 왜 이곳에 있는지 기억이 나지 않는 모양이었다.

"날이 풀리니 걸어 다니면서도 졸음에 빠지는 모양이야."

한 번 더 고개를 흔든 여인이 왔던 길을 되돌아 총총히 사라졌다.

파앗―

전각의 모퉁이를 도는 순간 암기 하나가 상관중호를 향해 섬전처럼 쏟아졌다.

상관중호가 급격히 상체를 틀었다.

팟!

암기는 아슬아슬하게 전각의 기둥에 박혔다.

손가락 하나만 한 표창이었다.

그 표창을 바라본 상관중호의 눈빛이 가라앉았다.

표창은 나무 기둥에 반 이상 박혀들어 있었다. 암기를 던진 사람의 내공이 만만치 않다는 말이었다.

전각 모퉁이 뒤에서 한 인영이 천천히 모습을 드러냈다.

"당신은?"

상관중호가 흠칫 놀라는 표정과 함께 뒷걸음질을 쳤다.

직속상관인 구 당두 도건욱이었다.

"드디어 꼬리가 잡혔군."

도건욱이 비릿하게 웃었다.

"다, 당두님……."

상관중호가 말까지 떠듬거리며 창백한 표정을 지었다.

"네놈 하는 짓이 점점 미심쩍어 오늘은 따라 나왔지. 역시 네놈은 무언가 목적이 있어 이곳으로 스며든 놈이야."

도건욱이 더욱 차가운 미소를 흘렸다.

"자, 이제 네놈의 정체가 무언지 밝혀볼까?"

도건욱이 다시 한 개의 표창을 손가락 사이에 끼우며 말했다.

"전 그냥 이제까지와 마찬가지로 줄을 잘 잡아……."

"그런 놈이 시녀에게 그런 고강한 수법을 쓴단 말이지. 사술도 아닌데 사람의 기억을 순간적으로 잃게 만드는 것은 절대로 번역 따위가 쓸 수 있는 수법이 아니지."

도건욱이 번쩍 하고 안광을 폭사하며 말했다.

"쩝!"

상관중호가 입맛을 다셨다.

"이렇게 된 이상 솔직히 말씀드릴 수밖에 없군요."

상관중호의 표정이 진지하게 변했다.

이제껏 한 번도 보지 못한 상관중호의 그런 표정에 도건욱의 눈 사이가 좁혀졌다.

"그래 말해봐."

도건욱이 고개를 끄덕였다.

"사실 저는……."

"그래, 너는?"

"저는 상관세가가 아니라 제갈세가에서 왔습니다."

상관중호가 자신의 정체를 밝혔다.

"푸하하하!"

도건욱이 배꼽이 빠져라 웃었다.

　비록 정체를 감춘 놈이긴 했지만 아무리 그래도 제갈세가
는 아니라는 생각이 든 모양이었다.

“믿어지지 않는 모양이군요.”

상관중호가 빙긋 웃으며 말했다.

“그럼 이걸 보면 믿겠습니까?”

상관중호가 손바닥에 감추고 있던 물건 하나를 내보였다.

번쩍!

도건욱이 눈을 가늘게 뜨면 눈동자에 초점을 모으려는 찰
나 상관중호의 손바닥에서 강력한 섬광이 작렬했다.

짧은 순간이었지만 너무 강렬한 빛이어서 도건욱은 순간
적으로 시력을 잃음과 동시에 뇌리마저 하얗게 비는 느낌이
었다.

그 뇌리 속으로 죽음의 느낌이 강렬하게 스며들었다.

어느새 상관중호의 손에 쥔 비도가 도건욱의 심장을 파고
든 것이다.

“이건 제갈세가에서 만든 폭섬탄(爆閃彈)이라는 것입니다.
웬만한 고수라도 순간적으로 무기력하게 만들지요. 그리고
내 이름은 상관중호가 아니라 제갈신우이고…….”

“끄으윽. 네놈 따위가…….”

도건욱이 이를 악물며 제갈신우의 목을 잡으려 손을 내밀
었다. 그러나 제갈신우가 비도의 손잡이를 강하게 비틀며 내
력을 주입하자 도건욱은 모래인형처럼 스르르 무너졌다.

“구 당두 자리는 정말 재수없는 자리군. 또 공석이 되겠어.”

차갑게 중얼거린 제갈신우는 품에서 자기 병 하나를 꺼내 그 안에 든 액체를 도건욱의 몸에 뿌렸다.

푸스스―

도건욱의 시신은 순식간에 혈수가 되어 땅바닥으로 녹아들었다.

그 모습을 보며 제갈신우가 인상을 찌푸렸다.

아무리 냉정한 성격의 그라지만 그런 끔찍한 장면은 견디기 힘들었다.

방금 제갈신우가 도건욱의 몸에 뿌린 약품은 제갈세가의 것이 아니었다. 이곳에 오며 수백 금을 들여 사파에서 사들인 것이었다. 사파보다 더 지독한 이무기들이 득실거리는 황궁이었기에 그런 악독한 약도 준비할·수밖에 없었던 것이다.

욕지기를 참으려 고개를 몇 번 흔든 제갈신우는 발을 움직여 도건욱의 시신이 녹아든 땅에 다른 땅의 흙을 덮었다. 그러자 그곳은 아무런 흔적도 남지 않고 다른 땅과 똑같은 모습으로 변했다.

“앞으로는 좀 더 조심해야겠군.”

낮게 중얼거린 제갈신우는 바람처럼 그 자리를 벗어났다.

第百三章
항마백룡대

　약왕당이 전소한 열흘 후 무림맹 총단에서는 맹주 주제의 대천회(大天會)가 열렸다.

　대천회는 무림맹 총단에 거주하는 대주급 이상의 인원이 전원 참석하는 무림맹 총단의 총회나 마찬가지다.

　진천뢰를 연달아 몇 방씩이나 맞은 듯 혼란스러운 무림맹 총단의 사기를 진작시키고 외당당주 자리도 더 이상 공석으로 둘 수 없기에 맹주 선운진인은 대천회를 소집한 것이다.

　이만 명이 넘게 상주하는 무림맹의 총단에 대주급 이상의 인원은 일천 명에 가깝다.

　그들이 내당의 맹주전 앞마당인 대회장에 모이자 산이라

도 하나 무너뜨릴 만한 위용이 넘쳐흘렀다.

그 자리에서 맹주는 새로운 외당당주를 모용세가의 모용영준으로 지명했다.

그는 그동안 무림맹의 수뇌부에서 동분서주하며 많은 일을 했다. 그러나 명리에 초연하며 빈객의 위치를 고수했지만 더 이상은 그럴 수 없게 된 것이다.

모용영준이 외당 당주가 된 것을 반대하는 사람은 없었다. 오히려 진작 그렇게 되지 못한 것을 아쉬워했다.

그랬더라면 외당이 발칵 뒤집히고 약왕당이 폭삭 주저앉는 일은 일어나지 않을 것이라며 혀를 찼다.

그 자리에서도 군사 제갈진은 모습을 드러내지 않았다.

와병 중이라고 했지만 외당당주 백리찬 사건의 가장 큰 책임이 있는 그로서는 스스로 근신을 하고 있는 것 같았다.

그것을 짐작하고 있었기에 모두들 군사 제갈진의 부재에 대해서는 아무 말도 하지 않았다. 하지만 시간이 지나면 그는 모습을 드러낼 것이고 무림맹의 군사로 핵심적인 역할을 할 것이라 의심치 않았다.

그런 와중에 유한성은 무림맹 수뇌부에 스며든 홍화교 첩자를 색출한 공로를 인정받아 정체가 드러난 감찰특무조 삼조장의 직위에서 물러나고 항마백룡대 대주의 직함을 얻었다.

이제 겨우 스물을 넘긴 청년에게 어울리지 않는 직위였지만 그의 활약을 눈앞에서 지켜본 무림맹 수뇌부는 고개를 끄덕이며 수용했다. 다만 비밀리에 인간병기들로 키워진 항마백룡대를 어린 청년이 어떻게 감당할 수 있을지 걱정하는 목소리들은 간간이 흘러나왔다.

그렇게 대천회의 개최와 함께 무림맹 총단은 상처를 치유하고 새로운 도약의 발판을 만들었다.

*　　　*　　　*

저벅!

저벅!

발소리가 지하 석실을 가득 메웠다.

아무런 소음이 섞이지 않은 곳이기에 발소리만이 모든 공간을 가득 채운 것이다.

피잉—

정적을 가르며 암기 하나가 섬전 같은 속도로 날아왔다.

인기척이라고는 전혀 없는 곳에서 강한 힘이 실린 채 튀어나온 것으로 보아 기관장치에 의한 것이라 짐작되었다.

탕!

발소리를 낸 인영은 검을 가볍게 휘둘러 암기를 튕겨냈다.

파리를 쫓듯 조금도 서두르지 않은 동작이었지만 암기는 속절없이 튕겨 나가 석벽에 꽂혔다.

쉬쉬쉭—

이번에는 더 많은 암기가 한꺼번에 날아왔다.

사방을 점하며 튀어 나온 암기들은 설사 고양이만큼 작은 체구라 할지라도 피할 틈이 없어 보였다.

파앗—

발소리를 낸 인영도 이번에는 경시하지 못하고 쾌속하게 검을 휘둘렀다.

쉬이익—

인영의 검에서 그물 같은 검기가 쏟아졌다. 그러자 공간을 가득 메우며 날아오던 암기들이 검기의 그물에 휩싸여 모두 바닥으로 떨어졌다.

철컹!

기계음과 함께 벽 속의 구멍들에서 장창이 튀어나왔다.

앞서 날아왔던 암기와는 비교할 수 없는 힘이 실린 장창이었다. 그대로 격중된다면 몸이 완전히 꿰뚫릴 만한 힘이 실려 있었다.

슈아악!

인영의 검이 위에서 아래로 쭈욱 그어 내려왔다.

일체의 변화와 식을 배제시킨 단순한 움직임이었다. 그러나 그 단순한 검격에 무서운 기세로 날아가던 장창들이 무수한 조각으로 잘려 나가며 바닥으로 쏟아져 내렸다.

그리고는 한동안 정적이 흘렀다.

“웬 놈이냐?”

굵은 사내의 목소리가 들렸다.

“연락을 받았을 걸로 아오만.”

대답은 청년의 목소리였다.

팟!

화섭자가 불꽃을 일으키며 횃불이 밝혀졌다.

지하 석실의 어둠이 빠르게 걷히며 사내의 모습이 드러났다.

근육질에 얼굴 가득 구레나룻이 뒤덮은 장년의 사내였다.

권장을 익혔는지 그는 무기를 들지 않았다.

“맹주가 미쳤군.”

기관을 통과한 청년, 유한성을 쳐다본 사내가 기도 안 찬다는 표정으로 고함을 질렀다.

맹주를 향해서도 거침없이 독설을 내뿜는 모습이 사내의 성격을 말해주고 있었다.

유한성은 아무런 대꾸 없이 묵묵히 그 자리에 서 있었다.

“새파란 애송이 따위에 목을 맡길 우리가 아니다.”

잠시 같이 침묵을 지키던 사내가 억눌린 목소리로 말했다.

“항명은 참형이오.”

유한성이 항마백룡대주의 신패를 들어 올리며 대꾸했다.

“그것을 손에 들었다면 한 가지 시험을 더 통과해야 한다는 것도 알고 있겠군.”

사내가 차가운 미소를 흘리며 말했다.

"물론."

유한성이 고개를 끄덕였다. 그리고는 검을 비스듬히 내렸다.

마라십이검, 아니, 현천성라검법의 기수식이었다.

"이거야 원…… 세상이 어찌 되려고. 쯧쯧!"

잔뜩 쉰 목소리가 어둠 속에서 흘러나왔다.

땅딸한 체구에 등에는 커다란 낫 두 자루가 꽂혀 있었다. 그리고 그 낫에는 쇠사슬이 달려 있는 것으로 보아 낫으로 베기도 하고 유성추처럼 던져서 공격하는 무기인 것 같았다.

이른바 철삭쌍겸(鐵索雙鎌)이라 부르는 무기였다.

"아무리 흑도천하가 되어간다고 하지만 그래도 정파무림맹인데 이런 애송이를 따르라니… 차라리 흑도로 투신하는 게 낫겠어."

다른 한 사내도 어둠을 뚫고 앞으로 나섰다.

장검 한 자루를 가슴에 안은 깡마른 사내였다.

나이는 사십 초반 정도로 보였는데 창백한 낯빛이 귀신처럼 섬뜩한 느낌을 주었다.

"대주가 내려온다고 해서 잔뜩 기대했는데… 무림맹에서는 우리를 희생양으로 삼을 생각을 한 모양이군. 후후!"

이번에는 어둠 뒤에서 가라앉은 목소리만 들렸다.

목소리만 들어서는 연령대를 짐작할 수 없었다. 단지 지금까지 나타난 세 명보다는 훨씬 젊다는 느낌만 주었다.

그러나 유한성은 목소리의 주인공을 정확히 간파하고 있었다.

건장한 체구에 대감도를 어깨에 멘 사내였다. 몸속을 흐르는 활발한 호흡으로 보아 이십대 후반 정도로 가늠되었다.

"망조가 들었네."

짤랑거리는 목소리와 함께 여인 한 명도 나섰다.

몸에 짝 달라붙는 청의 무복을 입은 여인이었다.

긴 머리를 뒤로 묶은 여인은 이십대 중반 정도로 보였는데 초승달 같은 눈썹과 그 아래 꼬리가 약간 위로 치켜진 눈은 웬만한 남자는 접근조차 꺼릴 만큼 매서운 인상을 주었다.

아마도 살쾡이같이 사나운 성격일 것이다. 그러니 이런 숨막히는 곳에서 남자들과 함께 수련을 하고 있는 것이다.

그녀는 폭이 좁은 협봉검을 허리에 차고 있었다.

유한성을 잠시 쳐다보던 여인이 입을 열었다.

"조기 출관이라고 밤잠을 설치며 좋아했는데 화살받이로 나가게 생겼네."

여인이 실망감을 감추지 못한 표정과 함께 한숨을 내쉬었다.

여인을 끝으로 다른 사람은 보이지 않았다.

그러나 이 자리에 나타나지만 않았을 뿐, 저 안쪽 구석과 석실의 작은 창틀 사이로 수많은 사람이 시선을, 아니, 모든

주의력을 고정시키고 있었다.

유한성은 선명하게 그것을 느꼈다.

무림맹의 최정예 비밀부대인 항마구룡대는 무림맹이 창단되기도 전에 정파무림에서 극비리에 수련을 시켰고 무림맹 창단과 함께 이곳에서 더욱 강도 높은 수련을 받고 있었다.

항마백룡대는 그 아홉 개의 조직 중 가장 성취가 빨랐다. 그래서 지금이라도 출관이 가능했다. 하지만 다른 여덟 개의 비밀조직은 아직 수련에만 매진하고 있었다.

"망할! 그동안의 고생이 아깝군."

대감도를 메고 어둠에 몸을 숨긴 사내가 퉤! 하고 바닥에 침을 뱉었다.

그는 되돌아가기라도 할 듯 몸을 돌렸다.

"지하 석실에서 헛바닥 놀리는 수련만 한 모양이군."

유한성이 낮게 가라앉는 음성으로 독설을 토했다.

"뭐?"

"뭐라?"

"……!"

그리고는 한동안 침묵이 이어졌다.

"호호호호호!"

침묵을 깨뜨리며 여인의 날카로운 웃음소리가 석실을 가득 메웠다.

"뭐야, 이거? 제법 마음에 들잖아. 당신들 서로 모여서 정말 그런 수련만 한 거야? 호호호호!"

여인이 다시 짤랑거리는 웃음을 터뜨렸다.

여인과 달리 네 명의 사내는 억눌린 숨결만 토해냈다.

그 숨결과 함께 진득한 살기가 사방으로 퍼져 나왔다.

"다른 수련도 조금 한 모양이군."

유한성이 다시 사내들을 격동시켰다.

챙!

장검을 든 사내가 검을 뽑았다.

그와 함께 대감도의 사내도 어둠 속에서 슬며시 대감도를 뽑아 들었다.

"크크크! 조기 출관은 물 건너가더라도 싱싱한 피 맛은 좀 보겠군!"

땅딸한 체격의 사내가 철렁거리는 소리와 함께 쌍겸을 손에 쥐었다.

그의 몸에서 칙칙한 기운이 풍겨 나왔다.

유한성은 슬쩍 눈살을 찌푸렸다.

이들은 무림맹의 다른 무인들과 달리 정종 무공보다는 사공에 더 가까운 무공을 익힌 것 같다는 느낌이 들었다.

호흡 역시 사마외도의 인간들 정도까지는 아니었지만 탁한 기운이 느껴졌다.

네 사내는 물론 여인에게서도 마찬가지였다.

아마도 사도나 흑도를 상대하기 위해 그런 종류의 특별한 수련을 한 것 같았다.

"난 잠시 눈요기를 할 테니 당신들이 먼저 놀아봐요."

여인이 호기심 가득한 눈을 하며 뒤로 빠졌다.

"요망한 것!"

쌍겸을 든 사내가 목소리를 높였다.

"여인들은 다 요망해요. 안 그런 척할 뿐이지. 그런 년들에
비하면 솔직한 난 얼마나 순수해요."

여인이 짤랑거리는 목소리로 대꾸했다.

"말을 말자."

쌍겸을 든 땅딸보 사내가 고개를 흔들며 유한성에게로 시
선을 돌렸다.

유한성은 검을 비스듬히 내린 처음의 자세 그대로 서 있었
다.

"아직 멀었소?"

유한성이 담담한 목소리로 물었다.

"재촉하지 마라. 어차피 곱게 살려 보낼 생각 없다."

땅딸보가 말하며 쌍겸을 들어 올렸다.

휘익—

들어 올리는가 싶은 순간 어느새 한 자루 낫이 허공을 격하
고 있었다.

파공음도, 철삭의 부딪침 소리도 전혀 들리지 않는 가공할
공격이었다.

까가각!

비로소 쇠사슬이 긁히는 소리가 났다.

직선으로 날아오던 낫의 방향을 바꾸어 목을 베려는 공격이었다.

그러나 한발 앞서 유한성은 고개를 숙였고 낫은 애꿎은 허공만 긁고 지나갔다.

철렁!

지나갔다고 생각되는 그 순간 쇠사슬 낫은 튕긴 듯 솟아오르며 유한성의 얼굴을 긁어왔다.

쨍!

낫이 유한성의 얼굴에 박혀들기 일보 직전에 날카로운 쇳소리가 터졌다.

휘이익!

파팟!

사슬 마디 하나가 싹둑 잘리며 낫은 끈 떨어진 연처럼 튕겨나 석실 벽에 부딪치며 불똥을 튕겼다.

총관 남궁정한이 준 적룡검은 그만큼 보검이었다.

"어헉!"

땅딸보가 팔이라도 하나 잘린 것처럼 비명을 터뜨렸다.

"이, 이런 천하의 무도한 놈! 내 팔! 감히 내 팔을 자르다니……."

땅딸보가 통곡이라도 할 듯 고함을 질렀다.

철삭쌍겸을 익히고 나서부터 철삭이 어디에 얽힌 적은 있
어도 이런 일은 없었다.

"이놈! 뼈마디를 모두 꺾어놓겠다."

이를 뿌드득 간 땅딸보가 남은 한 자루의 낫을 풍차처럼 돌
리며 쇄도해 들었다.

쉬쉬쉬쉬쉭!

온 공간에 낫 그림자가 난무하며 찢어진 대기가 연방 비명
을 질러댔다.

파앙—

풍차처럼 돌던 낫이 갑자기 일직선으로 튀어 나왔다. 그것
은 마치 둥근 방패의 한가운데에서 창날이 튀어나오는 듯한
모습이었다.

슬쩍 이마를 찌푸린 유한성이 발끝으로 석실 바닥을 박찼
다.

슈우욱—

유한성의 몸이 잔상을 남기며 옆으로 이동했다.

파아앙!

폭음에 가까운 파공음과 함께 이번에는 낫을 잃은 쇠사슬
이 춤을 추며 유한성의 신형을 옭죄어왔다.

정면에는 쇠사슬 낫이, 옆쪽으로는 쇠사슬이 모든 방위를
점하며 폭풍처럼 다가들고 있었다. 그 어느 것 하나에라도
걸리면 살이 찢겨 나가고 뼈가 으스러질 만한 가공할 공격이

었다.

신법을 펼쳐 옆으로 이동하던 유한성이 공간 한곳으로 적룡검을 찔러 넣었다.

파파팟—

곧장 앞으로 찔러가던 적룡검이 어느 순간 강한 떨림을 일으켰다. 그러자 적룡검의 검첨이 우산이 펼쳐지듯 확장되며 쇠사슬 낫과 쇠사슬이 날아오는 공간을 모두 틀어막았다.

카카카카캉!

연이은 폭음이 들리며 사방으로 불통이 튀었다. 그 불똥 하나하나에는 산산조각 난 쇳조각들이 달려 있었다.

"이럴 수가?"

땅딸보가 멍하니 자신의 손을 내려다보며 신음성을 흘렸다.

그의 손에는 한 자 정도의 쇠사슬밖에 남지 않았다. 남은 한 자루의 낫과 쇠사슬은 모조리 잘려지거나 터져서 불똥과 함께 사방으로 튕겨 나갔다.

평생 몸의 일부처럼 소지하던 사슬 한 마디가 잘리며 낫을 잃은 것도 기가 막힐 일이었는데 이번에는 남은 사슬과 낫이 모조리 박살이 나서 사방으로 비산해 버렸다.

땅딸보는 멍한 눈으로 낫 두 자루의 흔적을 찾았다.

한 자루는 사슬만 끊어진 채 튕겨 나갔기에 멀쩡한 모습으로 바닥에 떨어져 있었지만 다른 한 자루는 쇠사슬과 함께 산산조각이 나서 잔해밖에 보이지 않았다.

"네놈은 누구냐?"

땅딸보가 흔들리는 눈으로 유한성을 쳐다보았다.

다른 세 사내도 굳은 얼굴로 두 사람을 쳐다보았다.

"신임 항마백룡대주!"

유한성이 짤막하게 답했다.

"무슨… 검법이냐?"

땅딸보가 다시 물었다.

"현천성라검법."

유한성이 짤막하게 답했다.

"현천… 성라검법?"

땅딸보가 실혼인처럼 중얼거리며 유한성을 노려보다가 등을 돌려 어둠 속으로 사라졌다.

"점점 더 마음에 들어. 호호호!"

복도 옆에 선 여인이 교소를 터뜨렸다. 그런 그녀의 눈에 어린 호기심의 빛이 더욱 짙어졌다.

"한꺼번에 합시다. 만나 봐야 할 사람들이 더 있으니……."

유한성이 남은 삼남 일녀를 향해 말했다.

순간 여인의 웃음소리가 뚝 그쳤다. 동시에 세 사내의 눈에서는 폭광이 흘러나왔다.

"건방진!"

"어린… 놈이!"

두 사내가 잇새로 말했다.

"무공 수준은 당신들이 더 어린 것 같소만."

말을 끊은 유한성이 세 사내에게로 포탄처럼 쇄도했다.

휘익—

장검을 든 사내가 벼락처럼 장검을 내려쳤다.

까앙—

유한성이 장검을 옆으로 흘려 내리며 적룡검을 휘둘렀다.

장검 사내의 얼굴이 납덩이처럼 굳어졌다.

가볍게 비껴 쳐낸 것 같았는데 장검은 자신의 통제를 완전히 벗어났다. 이대로 가면 적룡검에 가슴이 속절없이 잘릴 판이었다.

"어딜!"

짤막한 고함과 함께 대감도가 유한성의 목을 노리고 날아들었다.

폭풍처럼 다가드는 대감도에는 거암이라도 단번에 두 쪽낼 만한 역도가 실려 있었다.

콰앙—

장검을 든 사내의 가슴을 베어가던 유한성이 신속히 신형을 회전시키며 대감도를 쳐내고 그 여세 그대로 사내의 목젖을 향해 적룡검을 찔러 넣었다.

찔러드는 적룡검의 검첨에서 한줄기 경력이 쏟아지자 대감도을 휘두른 사내가 눈을 크게 뜨며 팅겨 나가던 대감도를 필사적으로 쳐올렸다.

하지만 그것으로는 역부족이었다.

검이 튕겨나며 검로가 흐트러진 상태에서 유한성의 적룡검에서 쏟아진 검기를 다 잘라낼 수가 없었다.

"하앗!"

"핫!"

"타앗!"

적수공권의 사내와 장검을 든 사내, 그리고 여인이 기합성과 함께 한꺼번에 달려들었다.

몇 번의 격돌을 통해 그렇게 하지 않으면 낭패를 당할 수밖에 없다는 것을 느낀 것이다.

찌잉—

적룡검에서 쏟아진 검기가 두 갈래로 갈라졌다. 그러나 그것은 순식간에 수십 가닥으로 변하며 네 남녀에게 한꺼번에 쏟아졌다.

삼남 일녀가 질풍처럼 신형을 움직이며 자신들을 덮쳐오는 막강한 검기를 쳐나갔다.

츠츠츠—

파팡—

여인의 협봉검에서도 한 뼘이 넘는 검기가 솟구쳤다. 또한 적수공권 사내의 주먹에서도 권풍이 터졌다. 대감도와 장검을 든 사내의 도검에서도 시퍼런 기운이 뻗어 나왔다.

콰콰콰콰쾅—

경력과 경력이 충돌하며 강한 빛무리가 일었고, 뒤이어 압축된 대기가 사방으로 터져 나갔다.

여인과 일권을 내질렀던 사내가 주르르 뒤로 밀렸다. 두 사람이 한꺼번에 막아서도 유한성의 검에서 쏟아진 경력을 감당하지 못한 것이다.

그러나 그게 끝이 아니었다.

유한성의 검에서 다시 한 가닥 검기가 솟구치는가 싶더니 그것은 사방을 가득 덮은 그물이 되에 네 사람을 한꺼번에 쓸어갔다.

네 사람의 눈이 튀어나올 듯 크게 떠졌다.

지옥의 그물!

비로소 유한성의 검에서 쏟아지는 검기의 정체를 알아차린 것이다.

"마라검기!"

장검을 든 사내가 짤막하게 고함을 질렀다. 그리고는 온 내력을 끌어올리며 장검을 그어 내렸다.

대감도의 사내 역시 단 한 번에 승패를 결정하려는 듯 폭풍처럼 도를 휘둘렀다.

협봉검을 든 여인과 적수공권의 사내도 서로 보조를 맞추며 협봉검과 쌍장을 맹렬히 휘둘렀다.

콰아아아아앙—

네 가닥의 기운이 마라검기, 아니, 현천성라검기와 부딪치며 석실 천정이 무너질 듯 폭음이 터졌다.

"쿨럭!"

"큭!"

폭음이 그치고 답답한 신음이 흘러나왔다.

네 사람은 경악에 찬 눈으로 서로를 쳐다보았다.

넝마처럼 변한 상의가 곧 흘러내릴 듯 너덜거렸다.

"망할!"

여인이 역정을 토하며 검을 들지 않은 왼팔로 급히 가슴을 감쌌다.

그녀라고 세 사내와 다를 것이 없었다.

조각조각 베어진 상의가 아래로 흘러내리며 속으로 속살이 드러나고 있었다.

펄럭!

세 사내의 상위가 모조리 바닥으로 흘러내리며 어지럽게 흩어졌다. 여인 역시 감싼 가슴 부분의 옷만 남은 채 상의는 걸레가 되어 바닥에 떨어졌다.

"다시 나하고 검을 마주하게 되면 그땐 옷뿐 아니라 육편도 같이 흘러내리게 될 것이오."

낮게 경고한 유한성은 복도 안쪽의 어둠을 향해 항마백룡대주 신패를 들어 올렸다.

"계속해서 시험을 해보고 싶은 사람이 있다면 한꺼번에 나

오시오. 대신, 지금부터는 내력을 세세하게 조절할 자신이 없
소. 닥치는 대로 베고 지나갈 것이오.”

괴괴한 정적이 이어졌다.

“청해마검의 전인이신가?”

한참 후 복도 끝 쪽에서 누군가 물었다.

“무슨 상관이오?”

유한성이 대꾸했다.

“살아계시는가?”

다른 목소리가 들렸다.

중년을 넘어선 초로인의 목소리였다. 그리고 그 목소리는
감흥으로 미세하게 떨리고 있었다.

“그러니 내가 여기 있는 것이 아니겠소.”

유한성이 반문하듯 답했다.

다시 정적이 이어졌다.

“더 할 말 없으면 가겠소. 첫 임무는 보름 후가 될 것이오.
물론 특급 비밀이오. 새어 나간다면 당신들과의 인연은 그것
으로 끝내겠소.”

다시 정적만이 감돌았다.

“보름 동안 실력을 좀 더 높이시오. 이러다간 정말 망조가
들 것 같으니까 말이오.”

유한성이 독설을 내뿜자 비로소 정적을 깨고 낮은 음성들
이 흘러나왔다.

대부분 욕설에 가까웠지만 더 시험하겠다고 나서는 사람
은 없었다.

"그럼!"

짤막하게 작별을 고한 유한성이 복도를 되돌아 나왔다.

第百四章
잔당(殘黨)

항마백룡대를 대면하고 나온 유한성은 내당의 청운각으로 향했다. 그곳에서 세가의 청년들과 만나기로 했기 때문이다.

그곳에는 아직 대낮인데도 불구하고 술자리가 마련되어 있었다.

면회도 금지된 상태에서 유한성이 자리보전을 하고 있었기에 제대로 문병도 하지 못했는데 대천회에서 상처를 말끔히 회복한 모습을 보고는 무당의 장현, 진주 언가의 언유인 등이 서둘러 술자리를 마련한 것이다.

"축하드리오, 항마백룡대주!"

"쾌유를 축하드려요, 유 공자님."

유한성이 자리에 앉자 술잔을 기울이고 있던 청년들이 모두 한마디씩 인사를 건넸다.

"고맙소."

유한성이 가볍게 고개를 끄덕인 후 모인 사람들을 쳐다보았다.

그들 중에는 허창의 정검가에서 미리 조우했던 청년들 외에도 다른 청년이 몇 명 더 모여 있었다.

유한성은 그들에게 시선을 모았다.

어머니 뱃속에서부터 명가의 자손으로 운명 지어졌고 또 그렇게 자라온 세월이 고스란히 느껴지는 청년들이었다. 가만히 있어도 자연스럽게 기품이 흘렀고 정제되고 절제된 기운이 한줄기 숨결에서마저 선명하게 느껴졌다.

그중에서 유독 한 청년에게 눈길이 갔다.

뚜렷한 이목구비와 가라앉은 눈빛을 한 청년의 얼굴에서 남궁성민의 모습이 겹쳐졌다.

유한성과 시선이 마주친 청년의 눈이 활활 타올랐다.

"유 공자님을 꼭 뵙고 싶다고 해서 같이 자리했습니다. 이 분은 예전 남궁… 소가주의 동생인 남궁성진(南宮星珍) 공자입니다."

언유인이 조심스럽게 그를 소개했다.

예상대로 그는 남궁성민의 친동생이었다. 이제 그는 형을 대신하여 남궁세가의 소가주가 될 운명이었다.

"말씀 많이 들었습니다. 그리고… 형님의 원수를 찾게 해준 일, 감사드립니다."

남궁성진이 가라앉은 목소리와 함께 포권을 쥐었다.

유한성도 담담하게 포권을 쥐며 답례했다.

"그리고 그 옆에 계신 분은 남궁진경(南宮瑨境) 소저이오. 남궁성진 공자와는 사촌이지요."

"반가워요, 유 공자님."

남궁진경이 가볍게 고개를 숙였다.

그녀의 눈빛은 남궁성진처럼 타오르지 않았지만 속눈썹이 가늘게 떨렸다. 유한성과 대면하며 남궁가의 소가주이자 사촌 오라버니였던 남궁성민의 죽음이 떠오른 모양이었다.

"반갑습니다. 남궁 소저."

유한성도 같이 인사를 했다.

그들 사촌 남매와는 서로 할 말이 많았지만 지금은 모두 함께한 자리이니 우선은 짤막한 인사만으로 대신했다.

"그리고 이분은 새로 부임하신 외당당주님의 자제이신 모용표(慕容慓) 공자입니다."

언유인이 남궁성진 옆에 있는 청년을 소개했다.

나이는 이십대 초반쯤이었는데 부친을 닮아 영준한 외모를 하고 있었다.

"유 공자님의 부탁이라고 했더니 바로 달려왔습니다."

언유인이 덧붙였다.

언유인의 말대로 유한성은 특별히 그를 초청한 것이다.

유한성이 모용표와 시선을 마주쳤다.

"반갑습니다. 명성은 익히 들었습니다."

모용표가 포권을 쥐며 간단히 인사를 했다.

짧았지만 부드럽고 물 흐르듯 유려한 모습이었다. 그런 모습에서는 얼마 전까지 전장을 누볐다는 말이 믿어지지 않을 정도였다.

"초청에 응해 주어서 고맙습니다."

유한성도 포권을 쥐며 답했다.

"불러주지 않았다면 섭섭한 마음에 이곳에 불을 질렀을지도 모르오. 하하하!"

모용표가 하얀 치아를 드러내며 웃었다.

타고난 외모에 명가의 기품이 어우러져 일대의 풍류공자로도 손색이 없어 보였다. 그런 그의 천품이 이번 일에 필요했다.

"그리고 모용공자 옆쪽에 앉은 분은 단목철문(端木哲問) 공자입니다. 역시 유 공자님의 부탁이란 말을 듣고 바로 달려왔습니다."

언유인이 단목철문을 소개했다.

"초청에 응해주어 고맙습니다."

유한성은 모용표에게 했던 것과 똑같은 인사를 했다.

"모용 형만 부르고 나를 안 불렀다면 내가 못 참지요. 그날로 바로 무림맹 탈퇴요. 하하하!"

단목철문도 모용표 못지않게 영준한 모습으로 호쾌하게 웃었다.

"그런데 정말 괜찮은 것이오?"

하북팽가의 팽진오가 의구심 가득한 눈으로 유한성을 쳐다보았다.

얼마 전까지 걸음도 옮기기 힘들 정도로 부상을 입어 면회도 안 된다고 했다. 그런데 지금 유한성의 모습에서는 부상의 흔적을 전혀 찾아볼 수 없었다.

그을린 머리카락은 어쩔 수 없이 잘라 예전에 비해 머리가 짧은 것만 빼고는 달라진 것이 없었다. 화상을 입은 피부도 원래대로였고 어깨에 입었다는 관통상도 거짓말이 아닌가 싶을 정도로 멀쩡해 보였다.

"사숙의 치료 덕분에 몇 배로 빨리 회복되었소."

유한성이 담담히 답했다.

"그렇… 습니까? 정말 현묘한 문파군요, 현천검문은……."

팽진오가 여전히 의구심 어린 눈길을 거두지 못하며 고개를 끄덕였다.

"소개들은 끝났으니 우선 건배부터 합시다. 그동안 침만 삼키느라 헛배가 튀어나올 지경이오."

무당의 장현이 특유의 넉살과 함께 술잔을 들어 올렸다.

"저 말코는 주선이 될 것 같아."

그동안 한층 더 가까워진 철가장의 철사윤이 고개를 흔들 며 잔을 들었다.

"우선 유 공자의 쾌유를 축하하고 우리의 재회를 다음으로 축하합시다. 건배!"

언유인이 고함을 지르자 모두들 건배를 외치며 잔을 들었 다.

"그런데 감찰특무 삼조장과 낭검단주였던 분이 항마백룡 대주가 되니 승진이 아니라 좌천된 기분이 들어요."

몇 잔 술을 마신 사마소정이 발그레해진 얼굴로 농을 던졌 다.

그녀의 말대로 대주보다는 단주가 한 끗이라도 위였다.

"맹추야. 낭검단과 항마백룡대가 어디 비교나 되는 조직이 야. 항마백룡대라면 각주들도 함부로 맡을 수 없는 조직이잖 아."

황보세화가 사마소정을 향해 핀잔을 주었다.

"언닌 술만 한잔 마시면 농담과 진담을 구별 못한다니까."

사마소정이 어이없는 미소를 지으며 대꾸했다.

"그런데 우리를 다시 모은 것은 무슨 일 때문이오?"

팽진오가 유한성을 보며 진지한 표정으로 물었다.

분위기는 유한성의 쾌유를 축하하는 자리 같았지만 실상 은 유한성의 요청에 의해서 모인 것이다.

"맞아! 너무 반가운 나머지 우리가 왜 여기에 모였는지도 잊었네. 무슨 시키실 일이라도 있는지요, 공자님?"

사마소정이 고개를 크게 끄덕였다.

그녀의 말과 함께 왁자지껄하던 분위기가 갑자기 냉각되었다.

자신들이 겪은 유한성은 절대 가벼운 사람이 아니었다. 아니, 너무 무거워 근접하기가 힘든 부류의 사람이었다. 그런 사람이 부탁이 있다는 말과 함께 자신들을 불렀다면 보통 일은 아닐 것이다. 모르긴 해도 목숨을 걸어야 할 일이나 그에 버금가는 일일 것이다.

그런 생각들이 긴장감을 불러일으킨 것이다.

"중요한 일을 의논하기 위해서이오."

유한성이 가라앉은 음성으로 말했다.

"저번에는 잔뜩 기대했다가 그냥 얼굴만 보고 헤어지는 일이라 실망했는데 이번에는 왠지 장난이 아닌 것 같소."

장현이 대꾸했다. 그러면서도 그는 술잔을 입에 털어 넣는 동작을 멈추지 않았다.

"무슨 일인지 정말 궁금하오. 어서 말해보시오."

팽진오가 침을 꿀꺽 삼키며 나섰다.

"그 일을 논의하기 전에 한 가지 처리해야 할 일이 있소."

유한성의 눈에서 번쩍 광채가 일었다.

"아이쿠! 왜 그러시오? 그만 마실 테니 그런 눈은 하지 마시오."

유한성의 표정을 본 무당의 장현이 비명을 지르며 얼른 술잔을 내려놓았다.

"홍화교의 첩자가 아직 남아 있는 상태에서 중요한 일을 논의할 수는 없겠지요."

유한성의 대답에 장내가 급격히 얼어붙었다.

"처, 첩자라니? 그게 무슨 말이오? 우리 중에 첩자가 있다는 말이오?"

철사윤이 놀란 얼굴로 사방을 두리번거렸다.

"대체 그게 무슨 말인가요, 유 공자님?"

황보세화도 눈을 동그랗게 뜨고는 유한성의 입만 쳐다보았다.

"이제 그만 나서는 게 어떤가? 스스로 잘못을 시인한다면 정상을 참작하지."

유한성은 차가운 음성과 함께 말했다. 그러나 그의 시선은 특정한 누구를 향하지 않고 허공을 응시했다.

아무도 입을 열지 못하고 실내에 질식할 듯 무거운 정적이 흘렀다.

유한성의 몸에서 흘러나오는 칼날같이 날카로운 기운이 모든 사람의 몸을 얼어붙게 했다.

이제까지도 유한성은 무겁고 비정한 성품의 사내였다. 그런데 홍화교 사내와의 격돌 후인 지금은 그런 기운이 몇 배는 더했다.

"대체 무슨 말이오?"

갑갑한 정적을 이길 수 없었던지 철사윤이 먼저 입을 열었다.

"사제!"

유한성이 밖을 향해 고함을 질렀다.

문이 열리며 사진용과 사진혜가 종이 몇 장을 들고 들어왔다.

"설명해 줘!"

유한성의 지시에 사진혜가 종이를 펼쳤다.

"놈을 처음으로 의심하게 된 것은 사형이 있던 약왕당으로 염탐을 하러 왔을 때였습니다. 단순한 병문안처럼 위장했지만 놈은 사형이 그곳에 누워 있는지 확인하러 온 것이지요. 뭔가 이상해서 우리는 놈의 출입을 막고 사형이 그곳에서 움직일 수도 없다고 거짓말을 했지요. 그런데 바로 다음 날 홍화교 놈들이 약왕당을 습격하여 그 안에 있는 사람들을 모조리 도륙했지요."

사진혜는 침을 한 번 삼키고 다시 종이 위에 시선을 고정했다.

"그때 놈의 몸에서 우리가 첩자를 색출하며 외당당주의 부하에게 묻혀놓은 추종향 냄새가 났습니다. 더더욱 첩자로 의심이 갔지요. 그래서 그동안 놈의 뒤를 추적했는데… 놈은 몇몇의 사람과 지속적으로 만났습니다. 그들은 놈의 신분으로

서는 어울릴 수 없는 사람이었습니다. 그들이 누군가 하면……."

사진혜가 그들의 이름을 밝히려는 순간 한 사람이 비조처럼 몸을 날렸다.

"어딜!"

사진용이 예상하고 있었다는 듯 퇴로를 막으며 검을 휘둘렀다.

깡─

사진용의 검을 쳐낸 사내가 바닥으로 떨어져 내렸다. 그리고 재차 도약을 하려 했지만 세가의 청년들이 몸을 움직여 다른 퇴로도 모조리 막아버렸다.

"아, 아니야. 네놈들이 잘못 안 거야!"

퇴로가 모두 막힌 사내가 고함을 질렀다.

그는 하북팽가의 팽진오였다.

도망치려다 퇴로가 막힌 그는 새파랗게 질린 채 사방을 둘러보았다.

그러나 도주하려고 한 그의 행동 자체가 명백한 증거였다.

팽진오를 쳐다보는 세가 청년들의 눈에 어이가 없다는 빛이 흘러넘쳤다.

홍화교의 간자로 인해 자신들의 수장격이었던 남궁가의 소가주 남궁성민을 잃었다. 또한 무림맹은 무림맹대로 외당 당주 백리찬 사건으로 발칵 뒤집히며 쓰러질 듯 휘청거렸다.

그런데 그 홍화교의 간자가 자신들 속에도 끼어 있었다는 사실에 혼란스러운 마음과 함께 기가 차서 말이 나오지 않았다.

"아니야. 난 아니라니까!"

팽진오가 다시 고함을 질렀다.

"그런데 왜 도망쳤지?"

남궁성진이 이를 갈며 앞으로 나섰다. 그를 따라 남궁진경도 검을 뽑아 들며 팽진오 앞에 섰다.

그들 남매의 홍화교 첩자에 대한 증오는 용암처럼 뜨거웠다.

"난 그냥……."

팽진오가 입술을 씹었다.

쨍!

남궁성진이 검을 뽑아 들었다.

"말해봐!"

남궁성진이 마지막 소원을 들어주듯 말했다.

"외당당주, 아니, 백리찬이 유 공자를 간자라고 해서 처음에는 그렇게 생각하고 몇 번 청을 들어 준 것이오. 그런데 그가 죽고 나자 그것을 빌미로 남은 놈들이 협박을 했소. 그래서 어쩔 수 없이……."

팽진오의 변명을 듣는 남궁성진의 눈에 살기가 충만해졌다.

외당당주가 죽은 상황에서도 놈들의 잔당은 남아서 계속 활동을 한 것이다. 또한 팽진오는 그들이 홍화교의 간자라는 것을 이젠 확연히 안 상태에서도 자신의 실수를 드러내지 않기 위해 그들에게 협조한 것이다.

휘익—

남궁성진의 검이 팽진오를 향해 떨어졌다.

형을 죽인 홍화교에 대한 분노가 고스란히 스며든 검이었다.

팽진오가 도를 휘둘러 남궁성진의 검을 막았다.

까앙—

불똥이 튀며 쇳소리가 사방으로 울려 퍼졌다. 뒤이어 팽진오가 주춤거리며 뒤로 물러났다.

단 한 번의 격돌로 두 사람의 무위가 판가름 난 것이다.

"잠시, 잠시 멈추어보시오. 이건 너무……."

언유인이 남궁성진을 막아섰다. 팽진오가 간자 행위를 한 것은 명백히 드러났지만 그도 함정에 빠진 결과였다. 또한 아무리 그렇다고 해도 무림 십대세가에 들어가는 하북팽가의 자손을 이렇게 베어버릴 수는 없었다. 그렇게 되면 두 가문은 큰 원한을 지게 될 것이다.

"비켜!"

남궁성진이 이글거리는 눈으로 언유인을 쳐다보며 고함을 질렀다.

망막을 태울 듯한 남궁성진의 안광에 언유인이 주춤 뒤로
물러섰다.

"아무리 그래도 이건 아니에요. 집법전으로 인계하여 그곳
에서 처리하게 해야 해요."

황보세화도 몸을 날려 남궁성진과 남궁진경의 앞을 막아
섰다.

"비키세요. 우리 가문의 소가주를 죽인 놈들과 내통한 인
간이에요."

남궁진경도 남궁성진 못지않은 분노를 표출하며 검을 쥔
손에 더욱 힘을 가했다.

"두 분의 심정은 이해가 가지만 순리대로 일을 풀도록 해
요."

사마소정도 나서서 그들을 말렸다. 그러나 남궁성진과 남
궁진경의 눈에 어린 살기는 조금도 누그러지지 않았다.

"피라미 한 마리로 만족할 셈이오?"

남궁성진이 앞을 막은 사람들을 뛰어넘으려는 순간 유한
성의 음성이 무겁게 울렸다.

남궁성진이 우뚝 신형을 멈추었다. 그리고는 핏발 선 눈으
로 유한성을 쳐다보았다.

"놈은 피라미일 뿐이오. 피라미 한 마리 베고 손발이 묶여
아무것도 못할 사람으로는 보이지 않소만."

유한성이 남궁성진을 똑바로 쳐다보며 말했다.

남궁성진의 눈동자가 몇 번 흔들렸다.

잠시 후 그의 눈에 어린 살기가 조금씩 누그러져 갔다.

유한성의 말대로 팽진오를 베고 나면 자신은 모든 것이 명명백백하게 밝혀질 때까지 집법전에 갇히게 될 것이다. 비록 자신 가문의 세력에 비할 수는 없겠지만 하북팽가 역시 무림 십대세가의 일원이다. 그들이 온갖 방법으로 수를 쓴다면 그 감금의 시간이 훨씬 길어질 수도 있다. 또한 사건이 마무리된 후에라도 집으로 가서 근신하라는 명령을 받을 가망성이 높았다.

"알겠소."

마침내 냉정을 되찾은 남궁성진이 철컥 하고 검을 검갑에 넣었다.

그를 따라 남궁진경도 검을 내렸다.

검을 검갑에 넣은 남궁진경의 눈이 깊게 가라앉았다.

분노의 감정에 휘말려 사생결단을 내려 했을 때는 아무것도 보이지 않고 들리지도 않았다. 나중에 참형을 당하더라도 팽진오를 베고 싶었다.

자신이 그랬으니 사촌 오빠 남궁성진은 몇 배는 더 그랬을 것이다.

그런 남궁성진이 순식간에 불같은 감정을 가라앉히고 얼음처럼 냉정해졌다.

그리고 그렇게 만든 사람은 유한성이었다.

그의 전신에서 자욱하게 풍겨 나오는 냉철함이 사촌 오빠 남궁성진의 가슴속에 들끓는 용암을 제압한 것이다.

자신 역시 그 기운에 몸이 굳어지며 자연 검을 내릴 수밖에 없었다.

감동에 이어 서늘한 두려움마저 밀려왔다.

저런 사내와 원한을 맺게 된다면 평생, 아니, 자손 대에까지 다리를 뻗고 편히 잠을 자지 못할 것 같았다.

"내가 직접 집법전으로 데려가겠소."

남궁성진이 말했다.

유한성은 고개를 저었다.

"놈은 피라미일 뿐이오."

"그럼?"

남궁성진의 눈에 의구심이 어렸다.

"놈은 이곳 무사들만으로도 충분하오. 남궁 공자는 내 사제와 함께 놈이 접촉했던 홍화교 잔당들을 도륙해 주시오."

유한성이 사진용에게 눈길을 주었다.

"알겠습니다, 사형! 놈들은 철저히 파악해 두었으니 문제 없습니다."

사진용이 고개를 끄덕였다.

"베고 오겠소."

남궁성진이 눈으로 사진용을 재촉했다.

사진용이 고개를 끄덕인 후 앞장을 섰다.

사진혜와 남궁성진, 남궁진경이 그 뒤를 따랐다.

"같이 갑시다."

철사윤과 장현도 뒤를 따랐다.

"이놈은 우리가 집법전에 인계하겠어요. 우리 둘만으로도 충분해요."

황보세화와 사마소정이 검을 빼어들고 팽진오 앞에 섰다.

"반항해도 좋아."

황보세화가 말했다.

팽진오가 눈알을 굴렸다. 그러나 상황은 자신의 편이 아니었다.

황보세화와 사마소정을 한꺼번에 상대하는 것도 자신이 없었다. 그에 더해 여차하면 모용표, 단목철문 등도 가세할 것이다.

하지만 그것보다 더 두려운 것은 유한성이었다.

유한성이 나서면 못해도 팔 하나는 싹둑 잘려 나갈 것이다.

팽진오는 어깨를 늘어뜨리며 검을 내렸다.

"이 박쥐 같은 자식!"

황보세화가 팽진오의 도를 뺏어들고 혈을 짚었다.

"우리 사이에 끼어들어 우리도 남궁공자와 같은 꼴로 만들 생각이었단 말이지?"

황보세화가 독기 어린 눈으로 팽진오를 쳐다보았다.

만약 팽진오를 그대로 두었다면 자신들 중 일부는 놈들의 함정에 빠져 남궁성민과 같은 운명을 맞이했을 것이다.

그것을 생각하니 소름이 쭉 끼쳐왔다. 그리고 자신도 모르게 살기가 끓어올랐다.

두 여인의 살기등등한 눈빛에 팽진오는 모든 것을 체념한 듯 눈을 질끈 감았다.

"역겨운 놈! 더 이상 우리가 상대할 필요 없어. 무사들을 불러요!"

사마소정이 고함을 치자 언유인이 얼른 밖으로 나가 청운각 무사들을 데리고 왔다.

두 여인이 무사들과 함께 팽진오를 끌고 집법전으로 향했다.

모용표와 단목철문은 멍하니 세가의 청년들을 쳐다보았다.

처음 세가의 청년들 속에 합류한 두 사람은 아직 분위기가 익숙하지 않았다. 하지만 그들은 세가의 청년들이 유한성을 중심으로 일사분란하게 움직이는 것을 느꼈다.

콧대가 하늘처럼 높은 그들이 정주에서나 이름이 높은 유검가의 자제를 중심으로 그런 움직임을 보이는 것이 쉽게 납득이 가지 않았다. 물론 유한성이 청해마검의 제자이고 총단 내부의 첩자를 색출하는 데 큰 공을 세운 것은 알지만 그것만으로 그렇게 쉽게 승복하는 것은 여전히 이해가 되지 않는 것이다.

"정신력의 차이인가?"

모용표가 혼잣소리로 중얼거리며 입맛을 다셨다.

"뭐 말이오?"

단목철문이 물었다.

"아, 아니오. 우리도 집법전으로 가봅시다. 증인이 많을수록 유리할 게 아니겠소."

모용표가 입맛을 다시며 답했다.

"한 시진 후에 다시 모입시다. 그때 일을 논의하겠소."

유한성이 천천히 자리에서 일어섰다.

어부지리(漁父之利)
第百五章

흑룡산장(黑龍山莊)!

그곳은 호북성 함양산(涵養山)에 있는 산장으로 장주는 귀
명권(鬼鳴拳) 손추하(孫錐河)였다.

손추하는 흑도팔황의 말석인 팔황의 자리를 차지하고 있
지만 그 실력으로 따지면 흑도팔황 중 가장 떨어진다고 할 수
도 없었다.

일황인 녹림십팔채의 채주 파천묵도 궁도학이나 이황인
장강십팔채의 채주 조룡철간 막진월에 비한다면 한 수 뒤지
는 감이 있어도 그 외 다른 다섯 명과 견주면 쉽게 우열을 가
릴 수 없었다. 그럼에도 불구하고 그가 팔황의 위치에 있는

것은 최근 그의 활동이 활발하지 못한 때문이기도 했다.

그는 최근 오 년간 함양산의 흑룡산장에 틀어박혀 귀명권의 성취를 높이는 데만 주력했다.

현재 귀명권에 대한 그의 성취는 구성의 말엽에 이르고 있었다. 그래서 이 년 정도만 더 노력을 하면 십성을 넘어설 수 있을 것이라는 소문이 돌았다. 그렇게 되면 일황 궁도학이나 이황 막진월과 겨루어도 우열을 가릴 수 없을 것이다.

팔황 손추하의 별호이자 독문권법인 귀명권은 이름에서도 알 수 있듯이 주먹을 내지를 때마다 귀신의 울음소리와 같은 권명(拳鳴)이 울리며 상대의 주위를 혼란시킨다. 그 와중에 순간적으로 열여덟 개의 주먹 그림자가 모든 방위를 점하며 상대에게로 날아들면 절정 고수라 하더라도 쉽게 대처하지 못하고 쓰러진다.

그렇게 그의 주먹에 쓰러진 강호의 고수가 수십에 이를 때쯤 그는 흑도팔황 중 팔황의 위치에 이름을 올렸다.

하지만 흑도팔황의 일원이 되자마자 어쩐 일인지 그는 자신의 거처인 흑룡산장에 칩거한 채 바깥활동을 중지하고 무공수련에만 열중하고 있었다.

오년 전에 이름 모를 고수와의 대결에서 처참하게 패한 후 큰 충격을 받고 수련에만 힘쓰고 있다는 소문도 있었지만 정확한 사실은 누구도 알지 못했다.

그런 흑룡산장에 바윗덩이처럼 무거운 기운이 감돌고 있

었다.

오전에 찾아온 다섯 명의 인물 때문이었다.

놀랍게도 그들은 흑도팔황 중, 일황 궁도학과 이황 막진월을 제외한 삼황에서 칠황까지였다. 또한 그들은 흑도연합인 구천련을 구성하는 핵심 인물이었다.

실로 놀라운 일이었다.

물과 기름의 관계는 아니었지만 그 이상으로 섞이기 힘들었던 흑도의 괴수들이 장방형 탁자를 마주한 채 앉아 있었다.

"살다 보니 이런 일도 다 있군."

왼쪽 얼굴에 자상이 길게 나 있는 중년인이 입술 끝을 비틀며 말했다.

그는 칠황의 위치에 있는 철사혈인장 조금천이었다.

"그러게 말이오. 예전 같았으면 눈만 마주쳐도 목을 날려버렸을 텐데 이렇게 한자리에 앉아 있다니… 개가 웃을 일이군!"

머리를 박박 밀은 대머리 중년인이 콧김을 내뿜으며 말했다.

오황인 무영객 야소진이었다. 또한 그는 귀영곡의 곡주이기도 했다.

"그러게 말이야. 대머리가 박살이 나서 뇌수를 흘려도 시원찮을 텐데 이렇게 내 앞에서 번쩍거리고 있는 걸 보니 세상이 뒤집어지지 않았나 의심스러워."

이번에는 깡마른 중년인이 고개를 흔들며 말했다.

육황이 포룡수 위손학이었다.

"뭐가 어째? 이 잡종이……."

오황 야소진이 눈에 쌍심지를 돋우며 위손학을 쳐다보았다.

"잡종?"

포룡수 위손학도 눈에 불꽃을 튀기며 야소진을 노려보았다.

"어허!"

누군가 고함을 질렀다.

중후한 내공이 느껴지는 음성이었다.

이곳에 모인 사람들 중 가장 나이가 많이 들어 보이는 그는 삼황인 대파산창 나홍백이었다.

흰 머리카락과 흰 수염은 적게 잡아도 육십대 초반은 되어 보였다.

"한 방파의 수장을 지낸 지도 오래된 사람들이 말 본새가 어찌 그 모양들인가. 쯧쯧!"

나홍백이 길게 혀를 찼다.

"말 알아들을 때부터 익은 말투가 그렇게 쉽게 고쳐지겠소."

철사혈인장 조금천이 대꾸했다.

"그러니 흑도 나부랭이라는 말을 듣는 게 아니겠나. 다들 나이가 오십 줄을 바라보면 그만큼 나이 값을 해야 할 것을. 쯧쯧!"

대파산창 나홍백이 다시 혀를 찼다.

이번에는 아무도 대꾸를 하지 않았다.

나이도 제일 많았지만 삼황의 위치로 무공 또한 제일 강했기에 나홍백의 말은 그런대로 먹혀들고 있었다.

"자네들 말대로 살다 보니 이런 일도 있게 되었네. 그러기에 이 자리가 더 중요한 것이 아니겠나. 우리 흑도무림은 언제나 정파무림으로부터 멸시와 천대는 물론이고, 번번이 이용만 당하면서도 그놈들에 대항하기보다는 우리끼리 더 죽기 살기로 물어뜯느라 세월을 다 보냈지."

나홍백의 말에 좌중이 조금 숙연해졌다.

"하지만 세상이 끝나는 날까지 그럴 수는 없는 일이지. 언젠가 한 번은 우리도 놈들을 누르고 정파무림 놈들 위에 군림해 봐야 하지 않겠나?"

나홍백이 사방을 둘러보았다.

한참 동안 아무도 대답을 하지 않았다.

"그렇게 된다면… 그래서 무림의 역사서에 그렇게 기록된다면 곧 죽어도 여한이 없지요."

이제껏 침묵을 지키고 있던, 이곳 흑룡산장의 주인이자 팔황의 위치에 있는 귀명권 손추하가 무거운 음성으로 말했다.

"죽긴 왜 죽어. 그렇게 되면 허울만 좋은 정파놈들 피를 다

뽑아 먹어야지."

"네놈이 강시냐? 생사람 피를 빨아먹게."

육황 위손학의 말에 오황 야소진이 염장을 질렀다.

"쯧쯧!"

나홍백이 다시 혀를 찼다.

"이곳 장주의 말대로 그렇게만 된다면 더 바랄 것이 없소. 단 한 번이라도 정파 놈들 머리 위에서 군림한 일이 있었다는 사실! 그것만으로도 우리 자손들은 웅지를 가지고 살 수 있을 것이오."

사황인 흑풍신검 곽상도 애꾸눈을 번득이며 말했다.

"내 말이 그것일세. 단 한 번이나마 흑도천하가 되었던 적이 있다는 사실만으로도 후세의 흑도인들은 우리보다는 훨씬 더 가슴을 펴고 살 것이네. 그 이상은 바라는 것이 없네."

나홍백이 고개를 무겁게 끄덕이며 말했다.

"그러기 위해서 여기 모인 것이 아니겠소."

오황 야소진과 내내 티격거리던 육황 위손학도 퉁명스럽긴 하나 찬동의 뜻을 밝혔다.

"꼴값을 떠는군."

야소진이 복수라도 하듯 빈정거렸다.

"어허!"

나홍백이 눈 사이를 좁히며 고함을 질렀다.

나홍백의 형형한 눈빛에 입맛을 다신 야소진이 슬며시 고개를 돌렸다.

"하지만 화산파는 너무 벅찬 상대이오."

칠황 철사혈인장 조금천이 목소리를 높이며 말했다.

화산파라는 말에 조금 웅성거렸던 분위기가 얼음장처럼 가라앉았다.

구대문파의 한 축인 화산파!

평소라면 쳐다보는 것도 힘든 문파였다.

그곳의 절정고수 한 사람만 나와도 흑도문파 하나는 박살이 났었다.

그런데 이급령과 함께 화산파를 치는 문제를 의논하기 위해 자신들이 이곳에 모인 것이다.

과연 가능할까?

모두의 가슴속에 그런 의구심이 솟구쳤다.

쾅!

팔황 귀명권 손추하가 강하게 탁자를 내리쳤다.

"아직도 옛날 일만 생각하는 것이오?"

손추하가 이글거리는 눈으로 모여 앉은 사람들을 쳐다보았다.

"예전엔 어쨌는지 몰라도 이젠 아니오. 이젠 흑도천하가 되었다는 말이 공공연하게 나돌 정도로 흑도의 힘이 강해졌소. 또한 우리의 무공도 예전에 비해 삼 할은 더 강해졌을 것이오."

손추하가 자신의 주먹에 내공을 잔뜩 집어넣었다. 그리고 앞을 향해 내질렀다.

키히힝—

그의 주먹에서 귀신의 울음소리가 흘러나왔다. 동시에 주먹이 향한 벽에서 펑! 하는 폭음이 울리며 흙먼지가 터져 올랐다.

귀명권의 권풍이 실내의 벽을 두드린 결과였다.

"허어!"

나홍백이 탄성을 토했다.

손추하의 귀명권은 예전에 비해 훨씬 더 강해진 모습이었다.

"나뿐만 아니라 여러분도 마찬가지일 것이오. 그렇지 않소?"

손추하가 다시 사방을 둘러보았다.

모두들 손추하의 시선을 외면했지만 얼굴에 떠오른 한 가닥 자부심은 숨길 수 없었다. 손추하의 말대로 그들 역시 최근 무공이 급상승한 것이다. 단지 흑도인들 특유의 음흉스러움으로 감추고 있을 뿐이었다.

"나중에 그자가 우리에게 무엇을 원할지는 모르겠지만 대파산창 선배님 말대로 단 한 번이라도 흑도천하가 된다면 그것으로 족한 것이 아니겠소. 그리고 그 어느 때보다 가능성이 높기에 우리가 한자리에 모인 것이고……."

손추하의 눈이 더욱 이글거렸다.

"나중에 그자가 목숨을 원한다면?"

칠황 조금천이 손추하를 보며 물었다.

"그런 일은 없을 것이오. 정말 그렇다면 내가 동귀어진 하겠소. 그럼 당신들은 괜찮을 것이고."

손추하가 자르듯이 말했다.

"동귀어진 할 실력이면 그때는 왜 졌소?"

조금천이 지지 않고 따졌다.

"그때는 흑도천하는 꿈도 꾸지 못하던 때였소."

손추하의 눈에서 불꽃이 튀었다.

다시 좌중이 조용해졌다.

화산파라는 말에 급격히 냉각되었던 분위기가 흑도천하라는 말에 서서히 달아오르고 있었다.

"외상이면 소도 잡아먹는다고 했지."

사황 흑풍신검 곽상이 침묵을 깨뜨렸다.

"그 외상 소간은 내 것이오. 쿡쿡!"

육황 위손학이 억눌린 웃음을 토했다.

"어쨌든 이급령을 받아들여야 나머지 비급도 얻고 대성을 이룰 수 있지 않겠소."

오황 야소진이 대머리를 벅벅 긁었다.

"대성? 좋지. 흑도인으로 대성 한번 이루는 것도 찬란한 일이지."

위손학이 처음으로 야소진의 말에 딴죽을 걸지 않고 장단을 맞췄다.

"그럼 이급령을 받아들여 화산을 치는 것이오?"

철사혈인장 조금천이 다른 사람들을 쳐다보았다.

"우리가 여기 모인 이유가 그것이지."

삼황 나홍백이 무겁게 고개를 끄덕였다.

"좋소. 그건 결정됐다고 보고… 그럼 지금부터는 실질적인 것을 의논해 봅시다. 누가 제일 선봉에 섰으면 좋겠소?"

의견 수렴이 이루어지자 포룡수 위손학이 흥분된 음성으로 물었다.

여태껏 제대로 쳐다보지도 못했던 화산파를 쳐서 그곳을 무너뜨린다는 생각을 하니 절로 가슴이 떨려오는 것이다.

화산파는 현 무림맹주인 선운진인이 속한 문파이다. 그런 곳을 흑도세력이 무너뜨리게 되면, 아니, 무너뜨리지는 못하더라도 큰 피해라도 입히게 되면 그 여파는 실로 크다.

화산파가 무너진다는 구파일방의 한 축이 무너진 것으로 정도무림의 구심점이 왕창 흔들리고 흑도의 위상은 그만큼 높아진다.

그에 더해 무림맹주의 문파가 무너짐으로 해서 맹주의 힘이 약화되고 그것은 곧 무림맹의 힘이 약화되는 결과를 초래하는 것이다.

이미 외당당주 사건과 약왕당의 붕괴로 큰 피해를 입은 무림맹이 다시 흔들리게 되면 온 정파무림이 같이 흔들린다. 그러는 사이 흑도는 파죽지세로 백도무림을 쳐 나갈 것이다.

"선봉은 내가 맡겠소. 대신 일류고수로 일백을 추려주시오"

사황 흑풍신검 곽상이 가라앉은 어조로 말했다.

"그 정도면 되겠소?"

오황 귀왕곡주 야소진이 혈광이 어린 눈을 번뜩이며 곽상을 쳐다보았다.

화산파를 치는 데 선봉으로 백 명이면 적은 숫자였다. 그래서 한 번 더 확인을 하는 것이다.

"선봉을 맡은 인원으로 싸움을 끝낼 일이 아닌 이상 그 정도면 충분하오. 선봉은 뒤따르는 전력이 최대의 전과를 올릴 수 있도록 적진을 혼란만 시키면 될 것이오."

사황 흑풍신검 곽상이 차분하게 말했다.

"알겠소. 일류고수 일백을 차출하는 문제는 귀왕곡주께서 맡아주시오."

삼황 대파산창 나홍백이 오황 야소진을 향해 말했다.

야소진은 귀영곡의 곡주로 고수들을 많이 거느리고 있을 뿐만 아니라 흑도 고수들에 대한 자료도 많이 가지고 있었다. 그가 가지고 있는 자료를 토대로 인원을 차출하면 짜임새 있는 선봉대가 편성될 것이다.

"좋소. 대신 내 결정에 전적으로 따라야 할 것이오."

귀왕곡주 야소진이 형형한 눈으로 사방을 둘러보았다.

모두들 반론을 제기하지 않고 고개만 끄덕였다.

그러나 그들의 숨소리는 그 어느 때보다 거칠고 격하게 터져 나왔다.

"그 다음은 일차 타격대를 꾸려야 할 차례이오. 그들이야말로 가장 강한 무공을 지닌 사람들로 이루어져야 할 것이오. 혼란에 빠진 화산파 말코들을 최대한 많이 베어 넘기며 자하각의 늙은이들이 기어나오기 전에 전세를 결정지어야……."

설명을 이어가던 사황 흑풍신검 곽상이 말을 멈추고 문 쪽으로 시선을 돌렸다.

급한 발소리에 이어 문이 급하게 열렸다.

"네 이놈!"

헐레벌떡 뛰어든 청년을 향해 귀명권 손추하가 고함을 질렀다.

극도로 중요한 자리이니 여하한 일이 있어도 접근을 하지 말라고 당부했음에도 불구하고 이렇게 뛰어드는 것에 분노가 치민 것이다.

"정파무림맹이 쳐들어옵니다."

청년이 숨이 넘어가는 소리로 고함을 질렀다.

"뭐라!"

"뭣이!"

정파무림맹이란 말에 모두 고함을 지르며 반사적으로 무

기를 잡았다.

그들의 얼굴이 새파랗게 질려갔다.

그동안 이 자리를 위해 온갖 노력을 다 기울이고 기밀을 유지했는데 뜻을 펼쳐보기도 전에 정파무림맹이 쳐들어온다니?

죽어도 눈을 감지 못할 상황이었다.

"어디냐? 놈들이 어디까지 쳐들어왔느냐?"

귀명권 손추하가 포성 같은 고함을 질렀다.

지금까지 극비로 진행된 일이었다. 그리고 가솔들에게도 철저하게 비밀을 지켰다. 그런데도 놈들이 이곳을 쳐들어왔다면 비밀이 샜단 말인가?

어디서 비밀이 새어 나갔는지는 몰라도 이곳 흑룡산장에서 전투가 벌어지고 여기 모인 사람들이 모두 죽어나가면 흑룡산장은 멸문된 뒤에도 영원히 모든 흑도인들의 지탄을 받을 것이다.

"대체 어디까지 쳐들어왔다는 것이냐?"

손추하가 청년을 향해 당장 귀명권을 날릴 듯 고함을 질렀다.

"그, 그것이……."

청년이 얼른 답을 하지 못하고 말을 더듬었다.

"여기까지 왔소이다."

굵직한 목소리가 들리며 중년인 하나가 안으로 들어왔다.

그의 옆에는 청년 하나가 점혈이라도 된 듯 뻣뻣하게 서 있었다.

청년의 생김새는 이곳의 주인 귀명권 손추하를 많이 닮았다. 청년을 본 손추하의 표정이 급격히 변하는 것을 보아 그는 손추하의 아들이 분명했다.

제갈진은 손추하의 아들을 인질로 잡아 여기까지 온 모양이었다.

챙!

사황 흑풍신검 곽상이 장검을 뽑아 들었다.

삼황 대파산창 나홍백도 움찔하며 벽에 놓아둔 자신의 창을 쳐다보았다. 여차하면 창을 들고 앞으로 찔러 나갈 심산이었다.

다른 사람들도 제각각의 방위를 점하며 중년인이 들어온 문 쪽을 노려보았다.

그러나 한동안 기다려도 중년인 외 다른 사람의 기척은 느껴지지 않았다. 중년인 혼자 하늘에서 떨어진 듯 실내로 들어온 것이다.

"이놈! 대체 이게 무슨 일이냐?"

귀명권 손추하가 뛰어들어온 청년을 향해 고함을 질렀다.

겨우 한 명의 불청객을 보고 정파무림맹이 쳐들어왔다고 난리법석을 떨었다는 생각에 어이가 없었다.

"그, 그것이……."

청년이 다시 말을 더듬거렸다.

"어서 말하지 못할까?"

마침내 손추하가 청년을 향해 귀명권을 날렸다.

키히힝—

퍼엉!

귀곡성과 폭음이 울리며 청년 앞의 바닥이 터져 나갔다.

"무림맹 총단의 군사 제갈진이 둘째 공자님을 인질로 잡고 정문을 밀치고 들어왔다기에⋯⋯."

"무어라?"

"뭣이?"

군사 제갈진이란 말에 실내에 있는 사람들의 눈이 두 배로 크게 뜨여졌다.

현 무림맹의 군사이자 신기제갈의 제갈진!

진천뢰보다 더 파괴적인 이름이었다.

그가 정문을 밀치고 들어왔다면 정파무림맹이 쳐들어왔다는 청년의 말도 과언이 아니었다.

파팟—

대파산창 나홍백이 손을 뻗어 창을 잡았다.

제갈진이 나타났다면 이곳은 이미 사방팔방으로 포위되어 독 안에 든 쥐 꼴이 되어 있을 것이기 때문이다.

"이놈!"

다른 사람들도 금방이라도 출수할 듯 제갈진을 둘러쌌다.

“그렇게 겁먹지들 마시오. 나 혼자 온 것이니까.”

주변의 반응과는 아랑곳없이 제갈진은 점혈한 청년을 손추하에게 넘겨주었다. 그리고는 느긋한 움직임으로 빈 의자에 앉았다.

실내에 모인 사람들은 혼이 반쯤 달아난 표정으로 제갈진만 쳐다보고 있었다.

무림맹에서 외당당주의 사건으로 인해 칩거에 들어갔다고 알려졌던 군사 제갈진은 천만뜻밖으로 이곳 흑룡산장에 나타난 것이다. 그렇다면 칩거는 타인들의 이목을 속이기 위한 연막이란 말이었다.

“열흘도 넘게 밤낮을 달려왔더니 목이 많이 마르구료. 우선 차나 한잔 주시오.”

아직도 돌처럼 경직되어 있는 사람들을 보고 제갈진이 마른 침을 삼키며 말했다.

“어찌 된 일이냐?”

귀명권 손추하가 청년을 향해 물었다.

청년은 아무 대답도 하지 못했다. 제갈진이 왔다는 말을 듣고는 무림맹의 침공이라 생각하고 바로 뛰어온 것이다.

“다른 사람은 오지 않았습니다. 제갈 군사 혼자 왔습니다.”

손추하의 동생 손추림(孫錐林)이 뛰어 들어오며 말했다.

그 역시 혼비백산한 모습과 함께 얼굴은 온통 땀범벅이 되어 있었다. 아마도 청년처럼 제갈진의 뒤에 무림맹이 따르는 줄 알고 사방으로 뛰어다닌 모양이었다.

그만큼 제갈진이라는 이름은 무거웠다.

"네놈이 여긴 어쩐 일이냐?"

조금 진정된 손추하가 눈에 불을 켜며 제갈진을 향해 물었다.

아무리 혼자 온 것이 확실하다 해도 천하의 제갈진이라면 절대로 마음을 놓을 수 없었다.

"요즘 흑도 살림이 나아졌다더니 모두 헛소문이군. 차 한 잔 내올 여유가 없는 것을 보니."

주인은 서 있는데 반해 느긋이 의자에 앉은 제갈진이 입맛을 다시며 말했다.

경직된 사람들의 표정이 조금씩 풀렸지만 그들의 눈에는 의구심이 폭포수처럼 흘러넘쳤다.

천하의 제갈진이 용담호혈이나 마찬가지인 이곳에 혼자서 나타나다니?

대체 이건 무슨 꿍꿍이인가?

그런 생각들로 인해 무림맹 군사들에 사방이 포위된 것보다 더 불안했다.

"차를 내오너라!"

한참의 시간이 더 지난 후 손추하가 청년을 향해 말했다.

청년이 쏜살처럼 밖으로 달려나갔다.

"차 맛이 좋구료. 흑도 살림이 나아졌다는 말이 사실인 모양이오."

차를 한 모금 마신 제갈진이 빙긋 웃으며 말했다.

"대체 무슨 꿍꿍이오?"

손추하가 여전히 경계심 가득한 표정과 함께 물었다. 그러면서도 여차하면 귀명권을 내뻗을 만반의 준비를 하고 있었다.

"공을 좀 세워볼까 하고 왔소이다. 요즘 내 체면이 영 말이 아니라서 말이오."

제갈진이 다시 차를 마시며 느긋하게 답했다.

손추하의 눈살이 세차게 찌푸려졌다.

다른 사람이라면 또 그러려니 하겠지만 시신이 되어서도 사마중달을 쫓아버리는 제갈무후의 후손이 아닌가. 그의 머릿속에 무슨 생각이 들었는지 상상도 할 수 없기에 의혹은 더욱 커져갔고 경계심 역시 떨칠 수 없었다.

"내 가문의 명예를 걸고, 있는 그대로 말할 테니 액면 그대로만 들으시오. 그래야 일을 풀어나갈 수가 있소."

제갈진이 가문의 명예까지 걸자 비로소 사람들의 표정이 조금씩 풀리기 시작했다.

온 세상에 떨치고 있는 제갈세가의 명성은 아무리 제갈진이라 할지라도 함부로 할 수 없을 것이다. 그러니 믿어도 될 것이란 생각이 들었다.

"말해보시오."

대파산창 나홍백이 무거운 음성으로 대꾸했다.

"어부지리를 얻고 싶지 않소?"

제갈진이 뜬금없는 말을 던졌다.

"무슨 소리요?"

흑풍신검 곽상이 눈을 가늘게 뜨며 물었다.

"액면 그대로요. 우리가 홍화교와 전쟁을 벌일 테니 흑도는 가만히 기다리다가 우리 뒤통수를 치든지, 아니면 홍화교의 뒤통수를 쳐서 어부지리를 얻으란 말이오."

제갈진이 부연설명을 했다.

"그걸 말하기 위해 혼자서 이곳까지 왔단 말이오?"

귀왕곡주 야소진이 목소리를 높였다.

"다른 사람이 왔다면 신뢰할 수 있겠소?"

제갈진이 되물었다.

"그야……."

야소진이 입을 다물었다.

제갈진이 한 말이라면 무림맹주가 한 말처럼 믿을 수 있는 것이다.

하지만 단번에 수십 가지의 생각을 한꺼번에 할 수 있는 제갈진이기에 마음을 놓을 수가 없었다.

"그런데 무림맹이 왜 우리 흑도에게 그런 친절을 베푸는 것이오?"

대파산창 나홍백이 깊숙한 눈빛으로 제갈진을 쳐다보았다.

모인 사람들 중 가장 연장자인 그였기에 제갈진의 말이 무엇을 뜻하는지 어렴풋이 짐작이 가기도 했다. 그래서 좀 더 설명을 들어보고 싶은 것이다.

"흑도도 같은 한족이기 때문이지요."

제갈진이 불쑥 던졌다.

"알아듣게 말하시오."

사황 흑풍신검 곽상이 눈살을 찌푸리며 말했다.

언제는 흑도가 한족이 아니기 때문에 그렇게 멸시하고 싸웠단 말인가?

"몽고의 철갑 기마대와 포달랍궁의 상라마승들까지 쳐들어오면 흑도라고 무사할 리가 없기 때문이지요."

제갈진이 폭탄을 던지듯 말했다.

"몽고의 기마대?"

"라마승?"

흑도인들의 눈이 다시 두 배로 크게 뜨여졌다.

"대체 그게 무슨 말이오? 알아듣게 말하라고 하지 않았소."

이번에는 칠황 철사혈인장 조금천이 고함을 쳤다.

"그전에… 당신들에게 흑도천하의 제안을 한 청년에 대해서는 얼마나 알고 있는 것이오?”

느긋하던 표정의 제갈진이 칼날처럼 날카로운 눈으로 흑
도인들을 쏘아보았다.

흑도인들이 움찔 상체를 움직였다.

정광이 가득한 그의 눈빛에서는 절정고수의 기도가 내포
되어 있었다. 그리고 그 기도는 절대로 자신들의 아래가 아니
었다.

흑도인들의 가슴에 서늘한 기운이 지나갔다.

최근 두 배 가까이 급상승한 무위로 어떤 정파고수도 자신
있다고 생각했는데 제갈진의 눈빛을 대하니 우물 안의 개구
리라는 말이 떠올랐다.

역시 유구한 역사를 지닌 정파의 벽은 두껍다는 생각이 절
로 드는 순간이었다.

“홍화교라고 알고 있소.”

삼황 나홍백이 답했다.

“그럼 홍화교에 대해서는 얼마나 알고 있는 것이오?”

제갈진이 다시 물었다.

“그건……”

나홍백이 얼른 답하지 못했다.

그 청년이 홍화교도라는 것도 최근에 알았다. 그러기에 홍
화교가 어떤 곳인지, 그 교도가 얼마나 되는지는 아직 알지
못했다.

"늑대든 이리든 사냥만 잘하면 되는 것이지."

귀명권 손추하가 나섰다.

"늑대나 이리가 아니라 호랑이나, 더 나아가 용담 속에 웅크린 괴수라면?"

제갈진이 손추하를 쏘아보았다.

"그런……."

손추하도 대답을 하지 못했다.

"놈들은 수백 년 전부터 중원을 짓밟기 위해 수많은 준비를 했고 작금의 모든 혼란을 주도하고 있소. 황궁에서부터 흑도는 물론이고, 장성 너머의 몽고족과 포달랍궁까지 아우르고 있소. 그런 놈들에게 흑도의 힘이 얼마만큼 절실할 것 같소?"

제갈진이 다시 흑도인들을 하나씩 쏘아보았다.

"대체 무슨 말이오? 몽고는 무엇이고 포달랍궁은 또 무엇이오?"

귀왕곡주 야소진이 대머리를 이리저리 돌리며 물었다. 그러나 다른 사람들도 모르기는 마찬가지였다.

"놈들은 오래전부터 몽고의 달자들과 접촉하여 십만의 정병과 일만의 철갑기마대를 무장시킬 자금을 전달했소. 또한 포달랍궁의 라마들도 선동하여 비궁에 봉인된 상승무공을 꺼내 익히게 했소. 이미 중원의 흑도인들 도움은 손톱만큼도 필요 없을 정도로 준비를 했단 말이지요. 이것 역시 내 가문의 명예를 걸 테니 액면 그대로 믿어주시오.”

제갈진이 그동안 얻은 극비 정보를 공개하며 설명했다.

다른 사람이라면 몰라도 제갈진의 말이기에 믿지 않을 수 없었다. 하지만 너무 엄청난 사실이기에 모두 입만 벌리고 있었다.

“그럼 놈들이 왜 우리에게…….”

한참 후 귀명권 손추하가 말을 꺼내다 멈추고 얼른 삼황 나홍백을 쳐다보았다.

계속 말을 하다간 자신들에게 놈이 접근했다는 비밀을 실토하는 상황이 되기 때문이었다.

나홍백이 고개를 끄덕였다.

제갈진은 이미 모든 것을 알고 왔다. 그것을 감추어봐야 손바닥으로 하늘을 가리는 것이다.

“전혀 도움이 필요 없는데 왜 놈이 우리에게 접근했단 말이오?”

손추하가 끊었던 말을 계속했다.

“놈들은 중원에 처절한 한을 품고 있소. 따라서 놈들의 목적은 정파무림이 아니라 중원 자체, 즉, 중원 한족들의 씨를 말리는 것이오. 그 한족들에는 흑도와 사도도 포함되어 있지요.”

제갈진이 단호하게 말했다.

폭탄 같은 제갈진의 말에 한동안 아무 말도 하지 못하고 서로를 쳐다보기만 했다.

너무 엄청난 말이었다.

만약 그것이 사실이라면 자신들은 장기판의 졸이나 마찬가지다. 흑도천하는 고사하고 가장 먼저 움직이다가 죽거나 버려지는 처지가 될 것이다.

"받아들일 수 없소."

사황 흑풍신검 곽상이 고개를 흔들었다.

정체도 정확히 밝혀지지 않은 홍화교가 그런 일을 벌인다는 것은 믿을 수가 없는 것이다.

어찌 보면 제갈진의 말은 정사일통을 하겠다는 말보다 더 황당했다.

"흑백 양쪽 무림을 한꺼번에 말살시킨 후 중원을 불바다로 만들려는 것이 그들의 계획이오. 이것 역시 내 가문의 명예를 걸고 확언할 수 있소."

흑도인들이 믿든 말든 제갈진이 자신의 말을 했다.

"그렇다면 황궁도 무너뜨려야……."

삼황 나홍백이 반론을 제기하려다 입을 다물었다. 지금 황궁이 어떤 상황인지 자신도 잘 알고 있었다. 자신들이 몸담은 흑도가 이런 정도로 급성장한 데는 황궁이 가장 큰 역할을 했다. 그러니 황궁도 놈들의 조종을 받고 있다고 봐야 한다.

"나 대협의 말대로 중원무림은 물론 황궁까지 완전히 손아귀에 올려놓기 위해 놈들은 아직 뜸을 들이고 있는 것이오.

그러지 않았다면 벌써 쳐들어왔을 것이오.”

“그런 허무맹랑한…….”

나홍백이 도저히 믿을 수 없다는 듯 고개를 절레절레 흔들었다.

이런 일이 어떻게 가능하단 말인가?

무림일통을 넘어서 한족의 씨를 말리려는 일을 누가 감히 생각이나 할 수 있단 말인가?

그런데 제갈진은 홍화교가 그렇게 하고 있다고 단언했다.

“중원이 그렇게 만만한 곳이던가?”

나홍백이 혼잣소리처럼 말했다.

“만만하지 않지요. 하지만 놈들은 더욱 만만하지 않지요. 직접 겪어봤으니 잘 알 것 아니오?”

제갈진이 날카로운 눈으로 사방을 둘러보았다.

삼황에서 팔황까지 여섯 명의 흑도고수가 제갈진의 시선을 외면하며 서로를 쳐다보았다.

자신들에게 흑도천하의 꿈을 심어준 홍화교의 청년은 정녕 천외천의 인간 같았다.

상상을 초월한 무공과 칼날보다 더 날카로운 혜안!

그런 자가 몇 명만 더 있다면 이런 허무맹랑한 일도 가능할 것 같았다.

아무리 견고한 탑이라도 역발산의 힘으로 제일 아래쪽에서 기초를 이루는 돌 몇 개를 빼내 버리면 탑은 무너진다.

홍화교의 그 청년은 제일 아래쪽의 돌을 빼낼 만한 힘을 지
니고 있었다.

"도저히 믿을 수 없다. 이놈의 세치 혀에 우리가 농락당하
고 있습니다."

귀명권 손추하가 고함을 질렀다.

설사 제갈진의 말이 백 번 맞다 하더라도 그는 받아들일 수
가 없었다.

이런 날이 오기를 그동안 얼마나 기다렸던가?

겨우 결실을 맺기 시작하는데 시도해 보기도 전에 말 몇 마
디로 꺾일 순 없었다.

장기판의 졸로 전락하더라도 시도해 보고 싶었다.

"당장 이놈의 목을 베어버리고 가던 길을 가도록 합시다.
안 그러면 또다시 백도의 농간에 놀아나 흑도천하는 꿈도 꾸
지 못할 것입니다."

손추하가 핏발 선 눈으로 나홍백을 쳐다보았다.

그는 나중에 용암지옥에 떨어지는 한이 있더라도 흑도천
하를 위한 기치를 올리는 것이 무엇보다 간절했다.

"어쩌면 손 장주의 말이 옳을 수도 있소."

사황 흑풍신검 곽상도 손추하의 말에 동조하며 자신의 장
검에 손을 가져갔다.

나중 일은 알 수 없다. 더욱이 그런 번천지계에 가까운 계
획은 쉽게 이루어지지도 않는다. 언제 닥쳐올지도 모를 해일

을 겁내 출항 직전의 배를 도로 땅위로 끌어 올리는 것이 오히려 더 어리석은 것 같았다.

두 사람의 강력한 반대에 다른 사람들도 동요하는 빛을 보였다.

"어쩌면……."

오황 무영객 야소진이 무언가 말을 꺼내려는 찰나, 제갈진이 팔을 들어 올렸다.

무언가 반론을 제기할 줄 알았던 제갈진은 다른 손을 들어 올린 팔의 겨드랑이에 넣어 벅벅 긁었다.

"노잣돈이 간당간당하여 싸구려 객점에 들었더니 벼룩이 극성을 부리는군."

다시 한 번 더 온몸을 긁은 제갈진이 이번에는 품속으로 손을 집어넣었다.

"벼룩 쫓는 데 좋은 약이 어디 있었는데……."

제갈진이 품속에서 병 하나를 꺼냈다.

"이건 신선폐군. 벼룩에겐 과하지. 그리고 이건 학정홍인데 까닥 잘못하다간 나까지 죽겠고……. 이건 또 뭔가? 진천벽력탄……? 벼룩 몇 마리 잡자고 사방 삼십 장을 불바다로 만들 수는 없는 일이고……."

그러면서 몇 가지 더 꺼내놓은 것들은 앞의 것들보다 더 가관이었다.

흑도 팔황 중 여섯 명의 얼굴이 파랗게 질렸다.

제갈진이 탁자 위에 꺼내놓은 물건 중 하나라도 터졌다가는 이곳에 모인 사람은 뼛조각 하나도 찾기 힘들 것이고 흑룡산장의 식솔들 역시 반 이상은 죽어 나자빠질 것이다. 최소한 그 정도고 연쇄폭발을 일으키기라도 한다면 흑룡산장은 아예 독분이 난무하는 지옥에 불바다가 될 것이다.

비록 제갈진은 혼자 왔지만 여섯 명의 흑도 종주와 흑룡산장을 왕창 날려 버릴 무력을 품고 있었다.

"여기 있군. 이것만 뿌리면 아무리 지독한 벼룩이라도 못 견디지."

제갈진은 작은 병에 담긴 가루를 온몸에 뿌린 후 탁자 위에 꺼내놓았던 물건들을 다시 품속으로 갈무리했다.

"숨을 좀 돌렸으니 다시 설명을 하겠소. 모두 흑도천하란 말에 이성을 잃은 모양인데 흑도가 어디 당신들뿐이오? 녹림과 장강수로채가 나중에 뒤통수를 치면 또 어떻게 할 것이오? 그들에 대한 대책은 세워둔 것이오?"

제갈진이 나홍백을 쳐다보며 물었다.

"그들을 빼고는 신흥 흑도 세력들 모두 우리를 따를 것이오. 또한 녹림과 장강수로채는 예전의 그들이 아니고 종이호랑이로 전락했소."

나홍백이 답했다.

"그렇긴 하지요. 그것 역시 놈이 심혈을 기울여 만든 일이니까. 하지만 녹림과 장강수로채가 하나로 뭉쳐 당신들 뒤통수를 친다면 어떻게 되겠소?”

제갈진이 나홍백은 물론이고 다른 사람들을 쭈욱 노려보며 말했다.

“그런 일은 있을 수 없다. 그들은 물과 기름처럼…….”

“당신들처럼 말이오?”

제갈진이 손추하의 말을 자르며 입꼬리를 비틀었다.

손추하가 무언가 반박을 하려다 입을 다물었다.

“그들은 어부지리를 얻으려는 만반의 준비를 하고 있는지도 모르오. 그러니 당신들도 어부가 될지, 조개와 도요새가 될지 심사숙고하기 바라오.”

제갈진이 냉정하게 말을 맺고는 여섯 명의 흑도 고수를 쏘아보았다.

여섯 사내가 아무 말도 못하고 거친 숨만 내쉬고 있었다.

第百六章

잠입

"호호호! 공자님, 너무 재미있으세요. 호호호!"

한 여인이 배를 잡고 웃었다.

다른 여인도 비슷한 모습으로 넘어갈 듯 웃음을 토했다.

초승달같이 가늘고 검은 눈썹에 쏟아질 듯 큰 눈과 앵두 같은 입술…….

두 여인 모두 어느 것 하나 흠 잡을 데 없는 미인이었다.

두 여인 옆에는 한눈에 보아도 눈이 번쩍 뜨일 듯 준수한 외모의 청년들이 느긋한 자세로 앉아 술잔을 기울이고 있었다.

청년 한 명은 티 하나 묻지 않은 백의 비단 옷을 입고 있었는데 전형적인 명문가의 귀공자풍이었다. 여인처럼 흰 얼굴에 붉은 입술이 여장을 시켜놓아도 뭇 사내들의 애간장을 녹일 만한 외모를 하고 있었다.

다른 청년은 청색 비단옷을 입고 있었는데 백의공자 못지않게 영준한 얼굴이었다. 억지로 차이점을 찾으라면 백의공자에 비해 눈썹이 짙고 입술이 조금 더 두터워 강인한 인상을 풍겼다. 그러나 두 사람 중 누가 더 잘생겼는지 우열을 가리라고 한다면 누구든 한참 동안 고민을 하다가 종내는 머리를 흔들고 말 정도로 두 청년은 각각의 매력을 풍기고 있었다.

"그런 말씀을 어디서 들으셨어요, 공자님?"

숨이 넘어갈 듯한 웃음을 멈춘 여인 하나가 자신의 상체에 반쯤 몸을 기댄 백의청년에게 안주를 건네며 물었다.

"들은 것이 아니라 저 친구가 직접 겪은 얘기니라."

질문을 받은 백의청년이 마주 앉아 있는 청의청년을 턱으로 가리키며 말했다.

"호호호! 설마 그럴려구요."

여인이 이마의 주름을 지우며 앞쪽의 청년을 쳐다보았다.

"험! 험! 운수가 불길하다 보면 그런 일도… 생기느니라."

청의청년이 연방 입맛을 다시며 눈길을 천장 이곳저곳으로 돌렸다.

"호호호호! 정말 그런 일이 있었다는 말인가요? 난 꾸며낸 얘기인 줄 알았는데…… 호호호호!"

청의청년 곁에 앉은 여인이 숨이 넘어갈 듯 교소를 터뜨렸다.

다른 여인도 얼굴이 발개질 정도로 웃다가 결국 기침을 터뜨렸다.

"그만들 웃고 어서 잔을 채워라. 너희가 우리를 웃기며 즐겁게 해주어야 하는데 이건 거꾸로 된 것이 아니야?"

청의청년이 빈 잔을 내밀며 말했다.

"어머! 죄송해요, 공자님! 하지만 두 분 말씀이 너무 재미있으셔서 참을 수가 없네요. 공자님들 같은 손님만 온다면 우리는 평생 늙지도 않겠어요. 평생 이렇게 숨이 넘어가도록 웃어본 적이 없는 것 같아요."

아직도 입꼬리에 웃음을 매달고 있는 여인이 얼른 빈 잔에 술을 따랐다.

"그런데……."

술을 한 잔씩 더 마신 후 백의청년이 더욱 진한 미소를 지으며 옆의 여인을 쳐다보았다.

"왜 그러시는지요, 공자님?"

옆에 앉은 여인이 상큼하게 눈을 뜨고는 청년을 쳐다보았다.

"너희와 만리장성을 쌓으려면 은자를 얼마나 내야 하느냐? 내 오늘은 도저히 술만 마시고 그냥 갈 수가 없을 것 같구나."

백의청년이 은근한 눈길을 하며 옆에 앉은 여인의 허리를 끌어안았다.

"어머머! 공자님!"

여인이 화들짝 놀라며 몸을 비틀었지만 교태를 부리는 수준일 뿐, 필사적인 기운은 느껴지지 않았다.

근 열흘 가까이 매일 밤 찾아와서 수백 금에 달하는 돈을 뿌린 청년들이었다. 등급으로 따지자면 최상급에 속했다. 그러니 아무리 심한 술주정이라 해도 미소를 잃지 않는 얼굴로 대처해야 했다.

"저희는 청루의 창기가 아닙니다. 그건 공자님들이 더 잘 아시지 않습니까."

다른 여인이 곱게 눈을 흘기며 대꾸했다.

"그거야 익히 알고 있지만 내 마음이 이렇게 애절하니 하는 말이 아니냐. 어떻게 방법이 없겠느냐?"

백의청년이 애절한 목소리로 말했다.

청의청년에 비해 옆에 앉은 여인에게 한층 더 몸을 밀착해서 술을 마시던 그는 이제 여인의 매력에 완전히 함락되어 무너져 내리는 모습이었다.

"그런 방법은 없습니다, 공자님! 우리는 애초부터 예(藝)와 기(技)만 파는 사람입니다. 이곳에 들며 이미 약조하시지 않았습니까."

여인이 다시 눈을 흘기며 답했다.

"그거야… 그랬지만 사람 마음이 어디 그렇게 칼로 자르듯이 되는 것이더냐. 이렇게 마음이 애절하면 그에 따른 대책도 있어야 하는 것이 아니냐."

청년이 한층 더 애절한 목소리로 말했다. 그사이 취기가 더 올랐는지 혀도 약간 꼬이고 있었다.

"어허! 이 친구. 취한 모양이군. 평소라면 절세가인이 온몸을 비틀며 손짓을 해도 눈도 돌리지 않던 친구가 오늘은 별일일세."

청의청년이 혀를 차며 흐트러지고 있는 백의청년의 어깨를 잡고는 몸을 바로 세웠다.

"나 오늘은 절대로… 그냥 못 간다. 오늘은 너하고… 기필코 만리장성을 쌓아야… 겠다."

백의청년이 여인을 안고 그대로 쓰러졌다.

"꺄아악!"

갑작스런 백의청년의 행동에 여인이 비명을 질렀다.

이번에는 교태가 아닌, 놀람과 함께 누군가에게 알리기 위한 의도적인 큰 소리였다.

"어이쿠! 큰일 벌어지겠군."

비명을 지른 청의청년이 손을 뻗어 백의청년의 뒷덜미를 끌어당겼다.

"놔! 놓으란 말이야. 나도 이젠 이판사판이다."

백의청년이 청의청년의 손을 뿌리치고 아래에 깔린 여인을 더욱 억세게 끌어안으며 연방 입술을 탐했다. 그럴 때마다

여인은 더욱 날카로운 비명을 지르며 발버둥을 쳤지만 사내
의 힘을 당할 수는 없었다.

덜컹!

거친 소음과 함께 문이 벌컥 열리며 사내 네 명이 방으로
들어왔다.

검은 무복에 몸 구석구석에서 금방이라도 검이 튀어날 것
같은 예기를 풍기는 사내들이었다.

"이러시면 안 됩니다, 공자님!"

사내 하나가 차분하게 말하며 백의청년에게로 다가갔다.

낮고 정중한 음성이었지만 칼날 같은 단호함이 느껴졌다.

턱!

사내가 백의청년의 팔을 잡았다. 그리고는 와락 끌어당겼
다.

절대로 떨어지지 않을 것 같던 사내가 어느새 여인에게서
떨어져 흑의사내의 앞에 세워졌다.

"약속하셨지 않으셨습니까, 공자님."

흑의사내가 백의청년을 향해 여전히 나직하게 말했다. 하
지만 그 때문에 더 차갑게 느껴지는 음성이었다.

"무슨… 약속? 나 약속 같은 거… 한 적 없어. 이거 놔!"

백의청년이 세차게 팔을 휘저으며 흑의사내의 손을 뿌리
쳤다. 그러나 흑의사내의 손은 갈고리처럼 백의청년의 팔을
잡은 채 꿈쩍도 하지 않았다.

"이 자식이!"

눈을 치켜뜬 백의청년이 흑의사내를 향해 갑자기 다른 팔을 들어 올려 주먹을 날렸다.

비록 취기를 이기지 못해 흐느적거렸지만 순간적으로 내력을 끌어올려 내지른 주먹이었기에 무거운 기운이 실려 있었다.

퍼억!

흑의사내의 가슴에서 가죽 북이 터지는 듯한 소음이 터져나왔다. 그와 함께 압축된 기파를 이기지 못한 사내의 상의가 폭발하며 맨살이 드러났다.

"아악!"

여인 하나가 비명을 질렀다.

백의청년의 주먹에 실린 기운이 만만치 않았기에 그 주먹을 고스란히 맞은 흑의사내는 피를 토하며 무너질 것이라 상상한 때문이었다.

그러나 여인의 상상과는 달리 흑의사내는 쓰러지지 않았다. 무표정한 얼굴 그대로 백의청년의 팔을 잡은 채 꼿꼿이 서 있었다.

"어쭈!"

백의청년이 눈에 불을 켰다.

취중에도 자신의 주먹이 통하지 않은 사실을 받아들일 수 없는 모양이었다.

"그만하게 이 친구야. 많이 취했네."

백의청년이 다시 주먹을 들어 올리려는 찰나, 청의청년이 얼른 나서며 백의청년을 붙잡았다.

"미안하오. 이 친구가 술이 좀 약해서 실수를 했소. 게다가 이곳 여인들이 너무 예쁘다 보니 절제력이 무너진 모양이오."

청의청년이 빙긋 웃으며 흑의사내의 손에서 청년을 빼냈다.

그 순간!

휘익!

청의사내의 몸에 가려져 있던 백의청년이 갑작스럽게 일장을 날렸다.

퍼엉―

흑의사내의 가슴에서 아까보다 더 강한 폭음이 터졌다. 동시에 흑의사내가 입에서 핏줄기를 길게 내뿜으며 문 밖으로 날아갔다.

"아아악!"

두 여인이 새파랗게 질리며 고함을 질렀다.

아까와는 달리 이번에는 심상치 않았다.

흑의사내의 입에서 터져 나오는 피의 양도 그랬고 장력에 날아간 거리도 만만치 않았다.

저 정도면 큰 부상을 입었을 것이 확실했다.

“이런!”

청의청년이 탄식을 토하며 백의청년을 끌어당겼다. 그러나 사태는 엎질러진 물이었다.

백의청년의 일장을 맞고 날아간 흑의사내는 몇 사발이나 될 법한 피를 더 토하고는 꼼짝도 하지 않았다.

절명을 한 것이 분명했다.

“미치겠군.”

청의청년의 표정이 급격하게 굳었다.

너무 갑작스럽고 허망한 결과였다.

주먹질에 가격을 당하고도 꼼짝을 하지 않던 사내가 저렇게 날아가서 죽어버릴 줄은 상상도 하지 못한 흑의사내의 동료들도 잠시 동안 멍하니 서로를 쳐다보기만 했다.

채채챙!

정신을 차린 세 사내가 동시에 검을 뽑으며 백의청년과 청의청년의 목덜미에 겨누었다.

“비, 비켜! 이 잡놈들아. 내가 누군지 알고…….”

백의청년이 사태파악도 하지 못하고 고래고래 소리를 지르며 목에 닿은 검을 밀쳐냈다.

파앗—

순식간에 백의청년의 손에서 핏물이 튀었다. 그것을 본 백의청년의 눈이 뒤집히며 다시 주먹을 쥐었다.

파앗!

백의청년의 가슴 한곳에서 작은 소음이 들리며 그의 몸이 통나무처럼 뒤로 넘어갔다.

"미안하오! 변상은 하겠소."

백의청년의 혈을 찍은 청의청년이 다급하게 말했다.

그의 얼굴에 난감한 기운이 먹구름처럼 퍼져 나갔다.

"어떻게 변상을 하겠다는 말인가? 죽은 사람을 살려낼 수 있나?"

뒤쪽에서 굵직한 목소리가 들렸다.

청의청년은 신속히 신형을 돌려 사내를 쳐다보았다.

사십대 중반 정도에 건장한 체격을 한 중년인이었다. 몸에는 회색 무복을 걸치고 있었는데 멀리서도 그 기도가 범상치 않음이 느껴졌다.

"그럴 수는 없지만… 다른 방법으로 충분히 변상을 하겠습니다."

청의청년이 정중하지만 기품을 잃지 않는 모습으로 답했다.

"눈에는 눈, 이에는 이, 목숨에는 목숨! 그것이 우리의 변상 방법이네."

중년인이 낮지만 단호한 목소리로 말했다.

"그럼… 제 친구의 목숨을 취하겠다는 말입니까?"

"목숨에는 목숨이네! 그 청년을 순순히 내어놓는다면 자네에겐 위해를 가하지 않겠네."

중년인이 몇 발 더 다가서며 말했다.

"그럴 수는 없습니다."

청의청년이 백의청년의 앞을 막아서며 대꾸했다.

"그렇다면 할 수 없지."

말이 끝남과 동시에 중년인의 신형이 번쩍 하고 청의청년의 눈앞에서 솟아올랐다.

경악한 청의청년이 일권을 내질렀다. 그러나 중년인의 신형은 어느새 청의청년의 왼쪽으로 돌아가며 손가락 하나를 찔러오고 있었다.

그 손가락 끝에는 아지랑이 같은 기류가 어리며 대기를 하얗게 얼리고 있었다.

피잉—

날카로운 파공음과 함께 중년인의 손가락에서 지풍이 쏟아졌다.

얼음보다 더 차가운 기운이 느껴지는 빙한지(氷寒指)였다.

파아앗—

청의청년이 주먹을 기이한 각도로 꺾어 중년인의 지풍을 받아쳤다.

퍼엉—

날카로운 지풍과 청년의 주먹이 마주친 곳에서 굵은 폭음이 터졌다. 그만큼 빙한지의 위력이 강맹하다는 말이었다.

"으음!"

청의청년이 낮은 신음을 흘렸다. 주먹을 통해 빙한지의 차가운 기운이 심장까지 스며들었다.

비록 대부분 권풍에 상쇄되고 한줄기 미약한 기운이었지만 심장이 얼어붙을 정도로 강력한 음기였다.

청의청년은 급히 내력을 끌어올려 심장을 파고드는 냉기를 몰아냈다.

슈아악―

냉기를 반도 몰아내기 전에 중년인의 손이 다시 청의청년의 목을 노리고 들었다.

이번에는 지풍이 아니라 매의 발톱처럼 구부린 응조권이었다.

"멈춰!"

검은 피풍의에 죽립을 쓴 인영 셋이 빠르게 전권으로 뛰어들었다.

두 청년을 호위하고 온 호위무사들이었다.

그들은 주변에서 은신하고 있다가 소란이 일자 뛰쳐나온 것이다.

"호위들이 고생이군."

중년인이 차갑게 말하며 매의 발톱처럼 웅크렸던 손을 활짝 폈다.

피피핑―

다섯 줄기의 지풍이 달려드는 호위들을 향해 섬전처럼 쏘아졌다.

얼핏 보기에도 치명적인 힘이 깃든 지풍이었다. 한 개라도 급소를 파고들면 몸에 그대로 구멍이 날 것이었다.

호위들이 미친 듯이 검을 휘둘렀다.

따다당―

철판 위에 콩이 떨어지는 소리가 나며 다섯 줄기의 지풍이 모조리 잘려 나갔다.

"제법!"

짤막하게 외친 중년인이 이번에는 두 손의 손가락을 한꺼번에 웅크렸다 펼쳤다.

츄아아악―

아까보다 더 강한 열 가닥의 지풍이 세 명의 호위를 향해 쏟아졌다.

죽립 아래로 공포에 질린 눈빛을 한 호위들이 발작적으로 검을 휘둘렀지만 역부족이었다.

지풍 몇 개가 호위들의 몸에 박혀들었고 짤막한 신음을 흘린 호위 세 명이 거의 동시에 바닥으로 무너졌다.

"하앗!"

호위들이 모두 쓰러지자 청의청년이 기합성과 함께 중년인을 향해 일장을 날렸다.

중년인이 세 명의 호위를 상대하는 순간의 빈틈을 노린 일장이었다.

퍼엉―

청의청년의 장력이 애꿎은 건물 기둥을 때렸다. 그리고 그 자리에 있었던 중년인은 어느새 위치를 바꾸어 매의 발톱 같은 발로 청의청년의 목줄기를 쥐어오고 있었다.

대경한 청년이 급히 손을 펼쳐 주먹을 수도로 만든 다음 과녁의 한가운데를 향해 날아가는 화살처럼 충년인의 장심을 향해 찔러갔다.

그 순간 중년인의 팔이 뱀처럼 꿈틀거리며 청년의 팔을 타고 올라 겨드랑이 혈 한곳을 점했다.

"큭!"

청의청년이 짤막한 비명을 터뜨리며 통나무처럼 뒤로 무너졌다.

"끌고 가라!"

차가운 시선으로 두 청년과 세 명의 호위를 내려다보던 중년인이 짤막하게 지시했다. 그러자 먼저 왔던 세 흑의인과 중년인과 함께 왔던 몇 명의 사내가 신속히 움직이며 두 청년과 세 호위들을 끌고는 건물 안쪽으로 뛰어갔다.

"너희는 시체를 치우고 장내를 정리하라."

중년인이 나머지 사내들을 향해 고함을 지르자 사내들이 동료의 시신을 신속히 치웠다.

"너희는 안으로 따라오너라!"

장내가 정리되자 중년인은 청년들의 술시중을 들었던 두

여인에게 지시했다.

"사, 살려주십시오, 각주님!"

두 여인이 파랗게 질리며 무릎을 꿇었다.

"고얀!"

중년인이 고함을 질렀다. 그러자 여인들이 얼른 상체를 세
우며 중년인을 따랐다.

파괴
第百七章

“젠장! 더럽게도 꽁꽁 묶어놓았군.”

창살 안에서 불평 가득한 음성이 들렸다.

인사불성으로 취해 여인에게 추태를 부렸던 백의청년이었
다.

그는 청의청년에 의해 혈이 짚인 상태였는데 그새 혈이 풀
렸는지 몸을 움직이고 있었다. 또한 술도 다 깨었는지 얼굴에
는 한 점의 술기운도 남아 있지 않았다. 다만 상체에 질긴 밧
줄이 여러 겹으로 감겨 있었다.

“다행히 천잠사는 아니군!”

백의청년은 밧줄을 내려다본 후에 혼잣소리처럼 중얼거렸

다. 그리고는 끄응! 하고 힘을 주자 밧줄이 모두 끊어져 바닥
으로 흘러내렸다.

"몸도 제대로 못 가누는 취객에게 무슨 천잠사씩이나 사용
하겠소."

뒤쪽에서 가라앉은 목소리가 들렸다.

지풍을 맞고 쓰러졌던 호위무사 중 한 명이었다.

"깨어나셨소?"

고개를 돌린 백의사내가 놀란 얼굴로 말했다.

결코 호위들에게나 하는 말투가 아니었다.

"애초에 정신을 잃지도 않았소."

호위무사가 죽립을 벗었다.

남궁세가의 전 소가주 남궁성민의 동생인 남궁성진이었
다.

뒤를 이어 다른 두 호위무사도 몸을 일으키며 죽립을 벗었
다.

그들은 유한성과 사진용이었다.

그들 역시 남궁성민처럼 애초에 정신을 잃지 않은 듯 멀쩡
한 얼굴이었다.

"지풍에 가격당하는 것을 보았는데… 대단들 하시오."

백의청년이 감탄사를 토했다.

"놈이 그동안 행패를 부리는 취객에게 펼치는 수법을 알고
대비하고 있은 덕분이오."

사진용이 빙긋 웃으며 답했다.

"그래도 대단하긴 마찬가지요."

백의청년이 거듭 감탄사를 토했다.

그는 모용세가의 자제인 모용표였다.

또한 중년인에게 겨드랑이의 혈이 짚인 청의청년은 단목세가의 단목철문이었다.

단목철문은 제대로 혈이 짚인 듯 아직 깨어나지 못하고 있었다.

유한성이 그를 향해 다가갔다.

타다닥!

유한성이 단목철문의 겨드랑이 부근을 빠르게 두드리며 타혈술을 펼쳤다.

"젠장!"

비로소 혈이 트였는지 단목철문이 역정을 토하며 일어나 앉았다.

"더럽게 차가운 기운이군. 보통의 빙한장이 아니야."

단목철문이 강하게 인상을 쓰며 말했다.

혈은 풀렸지만 겨드랑이 아래쪽의 혈에 스머든 기운은 남아 있는지 단목철문은 계속해서 겨드랑이를 주물렀다.

"엄살 그만 떨고 운기나 하시오."

백의청년 모용표가 쇠창살 밖을 이리저리 살피며 말했다. 조금 전까지 취해서 주정을 부리던 모습은 온데간데없고 두

눈은 형형하게 빛나며 이곳을 찾아왔을 때보다 훨씬 더 날카
로웠다.

"그런데 목표물이 있는 곳은 어디쯤이오?"

남궁성진이 사진용을 향해 물었다.

"건물의 중간쯤 되니… 지하통로는 저쪽 끝에 있을 것이
오."

사진용이 왼쪽 통로 쪽을 쳐다보며 답했다.

"확실한 것이오?"

단목철문이 여전히 인상을 쓰며 물었다.

"열흘 가까이 주변을 살피며 가늠한 것이니 틀림없소. 저
아래에 통로가 있소."

사진용은 언제 꺼냈는지 바닥에 화선지 한 장을 펼쳐놓은
채 그것을 뚫어지게 쳐다보고 있었다.

화선지 위에는 복잡한 선들이 어우러진 지도가 그려져 있
었다. 아마도 이곳 건물의 설계도인 것 같았다.

"이곳이 기관의 중추이오. 그곳을 박살 내지 않고 습격을
한다면 담을 넘기도 전에 반 이상 죽어 나갈 거요."

사진용이 긴장된 음성으로 말하고는 종이를 빠르게 접어
품에 갈무리했다.

그는 그동안 남궁성진, 유한성과 함께 호위무사로 위장해
있으며 은신술을 이용해 이곳 내부의 지리를 염탐했던 것이
다.

“시간이 얼마나 남았지?”

유한성이 사진용을 향해 물었다.

“반 시진쯤 남았소.”

남궁성진이 품에서 모래시계를 꺼내며 대신 답했다.

“서두릅시다.”

남궁성진이 짤막하게 말하고는 품에서 다시 무언가를 꺼냈다.

번쩍!

남궁성진의 품에서 나온 가느다란 은사가 감옥의 벽에 걸려 있는 불빛을 반사하며 시린 백광을 토했다.

얼핏 보기에도 예사롭지 않은 그 은사는 쇠도 두부처럼 자른다는 단혼절령사(斷魂切靈絲)였다.

단혼절령사를 쇠창살에 걸친 남궁성진은 양쪽 끝에 있는 손잡이를 잡고는 양손을 번갈아 당겼다.

슥!

슥!

단 몇 번의 동작에 엄지손가락보다 더 굵은 쇠창살이 싹둑 잘렸다.

아래쪽도 그렇게 하자 창살 하나가 완전히 잘려 나갔다.

“몇 개 더 자르시오. 무기도 없는데 우선 이거라도 검 대신 휘두릅시다.”

모용표의 주장대로 남궁성진은 창살 다섯 개를 검 길이만큼 잘라냈다.

휘익—

단목철문이 창살을 검처럼 휘둘렀다.

"쯧쯧! 병든 두꺼비 한 마리나 제대로 잡을지 모르겠군."

자신의 검과는 비교도 안 되는 무기에 단목철문이 혀를 찼다.

"절정고수는 갈댓잎 하나로도 바위를 자른다고 했소."

모용표가 면박을 주었다.

"그런 경지면 내가 여기 있겠소. 구름 위에서 선녀들하고 노닐고 있지."

단목철문이 뚱하게 대꾸했다.

날 때부터 귀공자로 태어나 또 그렇게 자란 이들은 이런 상황에서도 농을 주고받았다.

"어서 갑시다!"

유한성이 먼저 감옥 밖으로 나가자 다른 사람들도 그 뒤를 따랐다.

"저곳입니다!"

사진용이 벽 끝을 보며 말했다.

지도상으로는 저곳 아래로 작은 공간 있었고 그곳을 통하면 기관의 중앙부로 갈 수가 있는 것이다.

"그런데 어떻게 저 벽을 뚫지?"

모용표가 난감한 표정을 하며 물었다.

벽은 한눈에도 두께가 두 자는 될 듯한 석실이었다.

그 정도면 자신의 실력으로도 검기를 펼쳐 자를 수는 있겠지만 문제는 소음이었다.

이곳은 지하 석실이라 작은 소음이라도 천둥처럼 크게 울려 퍼질 것이다. 그럼 기관의 중추에 도착하기도 전에 포위를 당하고 말 것이다.

"복잡할수록 간단하게 푸는 것이 가장 좋은 해답이오."

유한성이 앞으로 나섰다.

유한성의 무공을 익히 아는지라 모두들 침을 삼켰다.

그런데?

치이익―

"뭐, 뭐야?"

유한성이 품에서 꺼낸 벽력탄 심지에 불을 붙이자 단목철문이 두 눈을 동그랗게 뜨며 고함을 질렀다. 어떻게든 소음을 줄이고 벽을 뚫을 궁리를 하고 있는데 유한성은 벽력탄을 터뜨릴 생각인 것이다.

"모퉁이 뒤로!"

유한성이 짧막하게 고함을 지른 후 벽 아래에 벽력탄을 던졌다.

"미치겠군!"

모용표와 단목철문이 비명을 지르며 몸을 날렸다.

남궁성진과 사진용도 뒤를 따라 몸을 날렸다.

콰아앙!

벽력탄이 거대한 폭음을 울리며 폭발을 일으켰다. 그리고는 벽에 커다란 구멍이 뚫렸다.

"어서 갑시다!"

유한성이 먼저 구멍을 향해 몸을 날렸다.

"뒷일은… 나도 모르겠다."

고개를 세차게 흔든 단목철문도 구멍 속으로 뛰어들었다.

"정지!"

앞장서서 달려가던 단목철문이 목소리를 높였다.

앞에는 아무것도 없었다. 지금까지 달려온 복도와 똑같은 모양의 복도였다. 그러나 단목철문은 무언가 위험성을 감지한 모양이었다.

그는 기관진식에 조예가 깊었다. 그래서 풍류공자 역할을 맡은 모용표와 함께 이번 일에 투입된 것이다.

"무슨 일이오?"

모용표가 물었다.

"기관의 낌새가 느껴지오."

단목철문이 눈을 가늘게 뜨며 품에서 무언가를 꺼냈다.

그의 손에 들린 것은 어린애 주먹만 한 쇠구슬이었다.

휘익—

단목철문은 바닥을 향해 쇠구슬을 던졌다.

파앗―

쇠구슬이 바닥 한곳을 세차게 때렸다.

피피피피피핑!

날카로운 파공음과 함께 양쪽 벽에서 화살들이 쏟아졌다.

만약 그대로 통과했더라면 고스란히 화살세례를 받았을 것이다.

"위에도 있소."

단목철문이 위쪽을 향해서도 쇠구슬을 던졌다.

철컹!

쇠구슬이 천장에 부딪치자 천장에서 쇠침이 가득 박힌 철판이 떨어져 내렸다.

"하마터면 온몸에 구멍이 뚫린 채로 압사할 뻔했군."

사진용이 가슴을 쓸며 말했다.

"그런데 저 모퉁이 뒤쪽이 무척 의심스러운데 이곳에서는 무엇이 설치되어 있는지 알 수가 없소."

보이지 않는 곳이기에 무엇이 있는지 짐작을 하지 못한 단목철문이 불안한 표정을 지었다.

휘익―

모퉁이를 향해 무언가 날아갔다.

콰앙!

아까와 같은 폭음이 울리며 모퉁이 뒤쪽에서 섬광이 터졌다.

콰콰콰콰쾅!

폭발의 충격으로 무언가 튀어나와 반대쪽 벽에 박히는 소리가 들렸다.

그림자만 보아도 거대한 장창들이었다.

"이젠 됐소. 갑시다."

유한성이 앞장을 섰다.

*　　*　　*

"시간이 얼마나 남았나?"

건물의 바깥 어둠 속에서 탁한 목소리로 질문을 던졌다.

"반 시진 정도 남았습니다!"

누군가 낮게 답했다.

"명령은 충분히 숙지했겠지?"

탁한 목소리가 다시 물었다.

"숙지는 했는데 왜 그런 이상한 명령을 내렸는지 이해가 안 가오."

다른 목소리가 대답 했다.

"항명은 곧 참형이다. 시키는 대로 한다."

탁한 목소리가 강한 어조로 말했다.

“그런데 이곳이 확실하기는 한건가요? 그러기엔 너무 허술
하고 이상해요. 대주에게 받은 명령 또한 이상하고……”

이번에는 의구심이 가득 실린 여인의 목소리가 들렸다.

“요망스럽게 방정 떨지 말고 기다려라. 우리는 시키는 대
로만 하면 된다.”

다른 목소리가 여인을 책망했다.

“조용히!”

탁한 목소리가 경고음을 냈고 모두들 입을 다물었다.

그 순간!

콰아앙!

갑자기 백화루 건물의 한가운데서 폭음이 터졌다.

“지금이다. 돌격!”

사내의 목소리가 울리고 수백의 그림자가 앞으로 날아나
갔다.

“꺄아악!”

“무, 무슨 일이냐?”

사방에서 여인들의 날카로운 비명 소리와 취객들의 혼란
스런 고함 소리들이 터져 나왔다.

평소의 분위기와는 전혀 어울리지 않는 굉음에 백화루는
순식간에 혼란에 휩싸였다.

콰앙!

다시 폭음이 울렸다.

이번에는 훨씬 더 컸고 거대한 불길마저 치솟아오르며 장내로 빠르게 연기가 들어찼다.

"대체 이게 무슨 일이냐?"

"어서 밖으로 나가라!"

"어서 손님들을 대피시켜라!"

곳곳에서 고함 소리들이 쏟아지며 분주한 발걸음들이 뒤를 이었다.

콰앙!

잠시 후 다시 한 번의 폭음이 더 울리자 백화루의 장내에는 단 한 명의 취객도 남아 있지 않았다.

몸을 가누지 못할 정도로 인사불성이 된 사람들도 세 번의 큰 폭음과 함께 제정신을 차리고는 맨발로 건물 밖으로 빠져나간 것이다.

휘익—

휘익!

취객들이 빠져나간 백화루의 담장으로 다른 사람들이 날아들었다.

모두 흑의경장에 검은 복면을 한 인영이었다.

그 인영들 뒤에는 청의무복을 걸친 사람들이 뒤따랐는데 한눈에 보아도 흑의복면인들을 이끄는 조장 같았다.

"정지!"

청의인 중 한 명이 소리를 질렀다. 그러자 흑의복면인들이 일사분란하게 움직이며 진을 형성한 채 그 자리에 섰다.

"너무 조용하군. 여기가 맞나?"

지시를 내렸던 사내가 혼잣소리처럼 중얼거렸다.

"이상하든 말든 명령대로 해요."

여인의 목소리가 울렸다.

"오랜만에 요망스럽지 않은 말을 하는군."

탁한 목소리가 대꾸했다.

"쳐들어가라! 그리고 모조리 도륙하라!"

고함 소리와 함께 흑의인들이 바람처럼 건물을 향해 날아 들었다.

第百八章
이중포위망

"외당을 발칵 뒤집고 집법당에서 외당당주를 공격할 때부터 무척 과감한 사람인 줄은 알았지만 이곳에서까지 이럴 줄은 몰랐소."

단목철문이 복도를 치달려 나가며 말했다.

연속적으로 화탄을 터뜨리고 길을 뚫은 후 기관의 중추마저 파괴해 버렸다. 하지만 문제는 지금부터다.

은밀하게 일을 마치고 되돌아와도 복도를 다 지나기 전에 놈들과 마주칠 가망성이 높았는데 초장부터 땅이 진동하도록 폭음을 울리며 치달렸으니 결과는 불을 보듯 뻔했다.

"이게 과감한 것이오? 무모함을 넘어서 무식한 것 아니오?

이젠 화탄도 다 써버렸으니……."

모용표가 기도 안 찬다는 음성으로 말했다.

"그런데… 뭔가 이상하오."

남궁성진이 긴장된 음성으로 말했다.

"뭐가 말이오?"

모용표가 물었다.

"왠지 너무 쉬운 것 같아서 말이오."

남궁성진이 계속 달려가면서도 앞을 주시했다.

"그렇긴 하오. 이런 중요한 기관에 지키는 사람이 예상외로 적었소."

단목철문도 고개를 끄덕였다.

지금까지 마주친 사람들은 열 명도 되지 않았다. 그들 중 반은 화탄에 의해 같이 터져 나갔고 나머지는 놈들에게서 빼앗은 유한성의 검에 양단되어 쓰러졌다.

"그렇다면… 함정?"

모용표가 급격히 속도를 줄이며 말했다.

한참이나 달려왔지만 길고 구불구불한 복도의 반 정도밖에 빠져나오지 못했다. 그런데 이곳이 함정이라면 큰일이었다.

"재수없는 소리 하지 말고 어서 달리기나 하시오."

단목철문의 고함과 함께 다섯 사람은 극한으로 경공을 펼쳐 복도를 달려나갔다.

남궁성진의 우려와는 달리 복도 끝까지 아무도 막아서는 사람은 없었다. 또한 다른 함정도 없었다.

복도 끝에서 햇빛이 비쳤다. 그곳으로 병장기 부딪치는 소리도 맹렬하게 울리고 있었다.

아마도 밖에서는 접전이 벌어지고 있는 모양이었다.

"다 왔소. 갑자기 나가면 눈이 부실 테니 조심해서 나갑시다."

남궁성진이 한 손으로 눈앞을 가리며 복도 밖으로 몸을 날렸다. 그를 따라 유한성 등도 몸을 날렸다.

예상대로 바깥은 대 접전이 벌어지고 있었다.

검은 무복의 항마백룡대 수백 명과 이곳 백화루에서 튀어나온 무사들 수백 명이 뒤엉켜 싸움을 벌이고 있었다.

다행히 항마백룡대의 실력이 훨씬 나은지 이곳의 무사들은 서서히 뒤로 밀리며 건물 한곳으로 몰려 들어갔다.

"여기, 검들 챙기십시오."

사진용이 정원에 숨겨두었던 검들을 꺼내 던져주었다.

놈들에게 빼앗은 검을 버리고 자신들의 검을 받아 든 유한성과 남궁성진 등은 잠시 사태를 관망했다.

낙양의 최고급 주루인 이곳에 저렇게 많은 무사가 있는 것으로 보아 이곳은 홍화교 놈들의 은신처 중 한 곳이 분명했다. 놈들 중 우두머리에 속하는 자들을 사로잡으면 다른 소굴들은 물론, 놈들에 대해서 더 많은 것도 알 수 있을 터였다.

“우리도 합세합시다. 그래서 우두머리 몇 놈을 잡읍시다.”

남궁성진이 유한성을 향해 말했다. 그러나 유한성은 꼼짝도 하지 않고 앞만 쳐다보고 있었다.

“엇!”

다시 입을 열려던 남궁성진이 외마디 경호성을 질렀다.

장원 앞마당 한쪽에서 땅이 갈라지더니 일단의 인영이 천천히 모습을 드러냈다.

기관 장치에 의해 문이 열리고 사내들이 계단을 오르고 있는 것이다. 기관의 중추는 파괴했지만 이쪽은 별개로 작동하는 모양이었다.

“뭐, 뭐야?”

모용표도 놀란 눈으로 인영들을 향해 신형을 돌렸다.

서서히 인영들의 모습이 완전히 드러났다. 그리고 땅위로 올라섰다.

그들이 완전히 밖으로 나오자 땅이 갈라지며 열렸던 문이 다시 닫혔다.

남궁성진 등은 긴장한 눈으로 사내들을 노려보았다.

숫자는 열 명 정도밖에 안 되어 보였지만 개개인의 몸에서 풍기는 기도는 절정을 한참 뛰어넘는 사내들이었다.

그들을 등장만으로도 만장 절벽이 다가오는 것 같은 압력이 느껴졌다.

"절정고수……."

단목철문도 신음처럼 중얼거렸다.

번쩍!

유한성의 눈이 밤에 만난 맹수의 그것처럼 불길을 토했다.

일단의 사내 중 제일 앞에 있는 사내!

몇 달 전 자신에게 지독한 패배를 안겨주었던 그 사내였다.

홍화교 교주의 둘째 제자로 짐작되는 그 사내가 열 명의 사내들과 함께 천천히 다가왔다.

"후후!"

사내가 나직하게 웃음을 토했다.

기관의 중추가 파괴되고 치열한 전투가 벌어지고 있건만 사내는 조금도 서두르는 기색이 없이 태연한 모습이었다.

"또 만났군!"

유한성 일행 앞으로 다가온 사내가 하얀 이를 드러내며 말했다.

"그러길 간절히 빌었지."

숨을 고른 유한성이 차갑게 대꾸했다.

"그런가? 의외로군. 그리고 이렇게 빨리 회복되었을 줄은 생각도 못했는데… 아무리 현천검문의 문도라고 해도 정말 놀랄 일이야."

사내는 유한성의 전신을 훑어보며 고개를 갸웃거렸다.

평생 괴물처럼 흉측한 모습으로 살거나, 회복이 된다 해도 반년은 족히 걸릴 것이라 생각했는데 두어 달이 지난 지금 유한성의 모습은 처음 만났을 때와 별로 달라진 것이 없었다.

굳이 찾아내라면 타버린 머리카락이 다 자라지 못해 조금 짧은 것밖에 없었다.

"네놈을 죽이기 위해 지옥에서 기어나왔지."

유한성이 입꼬리를 비틀며 웃었다.

펄럭!

유한성의 미소를 대한 열 명의 사내가 자신도 모르게 내력을 끌어올렸다. 그로 인해 옷자락이 바람에 날리듯 펄럭거렸다.

분명 웃는 것 같았는데 다가오는 느낌은 악령의 핏빛 입김 같았다.

그 서늘한 기운이 주변을 급속하게 냉각시켰다.

남궁성진과 모용표 등도 심혼을 얼릴 듯한 서늘한 기운에 자신도 모르게 상체를 움츠렸다.

"좀 달라졌군. 그동안 대성이라도 이룬 건가?"

홍화교의 사내가 기대감 가득한 눈으로 유한성을 쳐다보았다.

"네놈을 죽이기 위해 지옥훈련도 좀 했고."

"오호! 그런가? 마침 잘됐군. 지옥은 이곳에 내가 미리 만들어 놓았으니까 말이야. 하하하!"

사내가 호쾌하게 웃었다.

"그런데 어떻게 이곳을 찾았나?"

사내가 잠시 유한성을 쳐다보았다. 그리고는 유한성이 대답을 할 틈도 주지 않고 입을 열었다.

"역시 자네 어머니가 산동에 있던 우리 조직의 삼화였다는 내 말에서 이곳을 유추했겠지?"

사내가 미소를 지었다.

유한성은 아무런 대답도 않고 묵묵히 서 있었다.

사내의 말대로 삼화라는 어머니의 신분, 그리고 놈들을 쫓던 남궁성민이 죽은 곳이 낙양이라는 두 가지 사실로 이곳 백화루를 놈들의 근거지 중 한 곳이라 생각했다. 낙양에서 주루의 여인들에게 일화, 이화… 그렇게 칭하는 곳은 이곳밖에 없었다.

"일 푼의 가능성도 없을 것이라 생각했는데 이곳을 찾아냈군. 정말 대단해. 어머니를 닮아서 아주 총명한 것 같아."

사내가 칭찬인지 비아냥인지 모를 말을 지껄였다.

"네놈 역시 예상하고 있던 것 같군."

유한성이 차갑게 대꾸했다.

"하하! 역시 총명해. 그때 자네를 죽이지 못한 이상 단 일 푼의 가능성이었지만 방심할 순 없었지. 그래서 이곳은 깨끗이 단념할 생각이었지."

사내가 이를 드러내며 웃었다.

유한성은 사내의 말이 거짓이 아니란 것을 느꼈다. 오늘 쳐들어온 이곳은 생각보다 허술했다. 놈은 이미 이곳에서 준비를 하고 있었던 것 같았다.

"그런데도 이곳에서 떠나지 않은 이유는?"

이번에는 유한성이 물었다.

"물론 자네를 내 손으로 죽이고 싶어서였지. 그래서 알맹이는 다 빼내고 기다리고 있었지. 하하하!"

사내가 호쾌하게 웃었다.

"젠장!"

모용표가 역정을 토했다.

놈들은 무림맹이 이곳을 쳐들어올 것이라 이미 예상하고 있었다. 그렇다면 이곳은 용담호혈의 함정이었다. 자신들은 물론, 항마백룡대까지 함정에 빠져 몰살을 당할 위기에 처했다.

"아울러 자네를 따라온 놈들도 한꺼번에 몰살시킨다면 그리 손해 보는 장사는 아니지. 후후!"

낮게 웃은 사내가 접전이 벌어지고 있는 건물 쪽으로 시선을 돌렸다.

접전은 이젠 모두 건물 안에서 벌어지고 있었다. 백화루의 무인들이 건물 안으로 쫓겨 들어가며 대응을 하고 있었기 때문이다.

"됐군!"

사내가 고개를 끄덕였다. 그러자 뒤에 있던 흑의인이 호각을 입에 물고 길게 불었다.

삐익—

내공이 가득 담긴 호각 소리가 날카롭게 울렸다.

철컹!

철컹!

호각 소리와 함께 아래층 건물의 문이 모두 닫혔다. 동시에 삼 층 건물의 문은 모조리 열리며 그곳으로 백화루의 무사들이 모조리 날아 내렸다.

마치 큰 새집에서 새 떼가 일제히 날아 나오는 것과 같은 모양이었다.

"태워라!"

사내가 고함을 질렀다.

콰콰콰콰콰콰쾅!

사내의 고함이 끝나기도 전에 거대한 폭음이 울리며 조금 전까지 치열한 접전이 벌어지던 건물이 용광로 같은 화염을 내뿜으며 아래로 내려앉았다.

어찌해 볼 새도 없이 터진 거대한 폭발이었다.

땅이 진동해서 몸이 휘청거릴 정도였고 다른 건물들도 내려앉지 않을까 걱정이 될 정도였다.

폭발이 일어난 건물 안에 있는 것이라면 쥐새끼 한 마리도 살아날 수 없을 것이고 무쇠라도 녹아내릴 정도로 강한 화염이 이곳까지 느껴졌다.

　너무나 엄청난 폭발에 건물에서 날아 내린 백화루 무인도 여러 명이 바닥에 엎어지거나 바람에 휩쓸려 넘어졌다.

　잠시 후 대 폭발의 충격은 가시고 건물 잔해에 불길만이 타오르고 있었다.

　유한성의 눈빛이 이글거렸다.

　놈의 말대로 이곳은 함정이었다.

　놈들이 밀리는 척 백화루 안으로 후퇴한 것은 항마백룡대 대원들을 유인하기 위함이었다. 그렇게 건물 안으로 유인한 후 놈들은 순식간에 빠져나오고 남은 항마백룡대는 건물과 함께 폭사한 것이다.

　"어떤가, 대원들을 모두 잃은 소감이?"

　완전히 내려앉은 건물을 바라보며 사내가 비릿하게 웃었다.

　그사이 건물에서 뛰어내린 백화루의 무사들은 물샐 틈 없이 사방을 둘러쌌다.

　그러나 유한성은 조금도 변하지 않은 눈빛으로 사내를 쳐다보고 있었다.

　"역시 철심을 소유한 친구야. 부하들의 몰살에도 눈빛 하나 변하지 않는군."

　홍화교의 사내가 고개를 절레절레 흔들었다.

　"좋아하기엔 아직 이른 것 같군."

유한성이 억양 없는 어조로 말했다.

"이유는?"

사내가 눈 사이를 좁혔다.

"항마백룡대는 아직 투입하지도 않았으니까."

유한성이 차갑게 대꾸했다.

"무슨… 소린가?"

사내의 낯빛이 약간 변했다.

"내가 이곳을 찾을 정도였다면 네놈 역시 충분히 짐작하고 있을 것이라 생각했지. 그 정도도 되지 못하는 인간이었다면 여기까지 오지도 못했을 테니까."

유한성의 입가에 흐릿한 미소가 어렸다.

"그래서?"

사내의 이마에 여러 개의 주름이 생겼다.

"함정을 파고 있을 것이라는 예측이 자연스럽게 이어지더 군."

"그래서?"

사내가 같은 질문을 거듭 던졌다.

"큰 이변이 일어나기 전에는 항마백룡대를 투입하지 말라 는 명령을 내려두었지. 초반에 투입된 인원들은 네놈들이 황 궁을 통해 심혈을 기울여 키운 흑도인들이지. 돈에 중독이 되 어 금덩이를 보더니 우리가 누군지, 누구를 죽이러 가는지 신 경도 안 쓰고 뛰어들더군. 물론 몇 명은 신분을 속인 항마백룡대원으로 그들을 이끌었지만 깊이 투입되지 않아 폭발이 일어나기 전에 빠져나갔을 것이고."

유한성의 말에 사내의 눈썹이 몇 번이나 꿈틀거리고 있었다.

"이젠 큰 이변이 일어났으니 항마백룡대가 담을 넘을 것이야. 다시 말해 네놈들의 탈출구가 오히려 모두 막혔다는 말이지."

유한성이 더 이상 할 말이 없다는 듯 입을 다물었다.

유한성의 말을 증명이라도 하듯 고함 소리와 함께 수백 명이나 되는 인영이 담을 넘어 날아들고 있었다.

이제껏 온갖 불평과 함께 기다리고 있던 항마백룡대 대원들이었다.

큰 이변이 생기기 전에는 움직이지 말라는 추상적인 명령에 혼란을 겪던 그들은 한참 갈팡질팡했지만 이번에는 아무도 갈등하지 않고 동시에 날아든 것이다.

"와아!"

"홍화교의 마도들! 모조리 베어버리겠다."

항마백룡대원들이 피에 굶주린 맹수처럼 포위망을 조이자 건물에서 날아내려 포위망을 형성하고 있던 백화루의 무인들이 오히려 포위당한 형국이 되어 갈팡질팡 어지럽게 움직였다.

"어린 대주! 제법 머리를 쓰는구료!"

탁한 목소리가 뒤쪽 포위망 앞에서 들렸다.

항마백룡대 삼조장 탁모격(卓謨擊)이었다.

무림맹의 지하 석실에서 박살이 난 그의 철삭쌍겸은 새로 만들었는지 등 뒤에는 여전히 두 자루의 사슬 낫을 메고 있었다.

"그래요. 점점 더 마음에 들어."

이번에는 여인의 목소리가 울렸다.

오조장 장하란(張霞蘭)이었다.

그녀 역시 유한성이 항마백룡대주 신패를 들고 지하 석실로 내려갔을 때 유한성의 실력을 검증하기 위해 한바탕 대결을 벌인 사람들이기도 했다.

그들은 흑도 무리를 이끌고 먼저 담을 넘어들었지만 유한성의 지시대로 깊이 뛰어들지 않고 뒤쪽에서 떨어져 있었기에 폭사를 면한 것이다.

"이젠 그 이상한 명령들이 이해가 되는군. 제법 믿음이가."

장검을 든 사내도 마주 고함을 질렀다.

사조장 포천영(砲泉影)이었다.

그 역시 얼마 전에 유한성과 대결을 벌인 다섯 사람 중 한 명이었다.

"통쾌하군. 후후!"

유한성 못지않게 눈에 불을 켜고 홍화교 사내 일행을 노려

보고 있던 남궁성진이 차갑게 웃었다.

그러면서도 그의 눈은 계속해서 홍화교 사내에게 고정되어 있었다.

형 남궁성민은 낙양에서 자취를 감추었다가 주검으로 발견되었다. 그리고 지금 낙양에 있는 놈들의 소굴을 찾았다.

형의 미행을 알아채고 함정을 파서 형을 죽이라고 명령을 내린 자는 분명이 저놈일 것이다. 또한 옆에 서 있는 놈 중에 한 명이 형을 죽였을 수도 있었다.

그런 생각과 함께 남궁성진의 눈에서는 불길이 활활 타올랐다.

"그렇긴 하오만… 우리가 포위망 안에 갇힌 상황은 여전히 변하지 않은 것 같은데?"

모용표가 입맛을 다시며 말했다.

항마백룡대가 몰살당하지 않고 고스란히 남아 백화루 무인들이 펼친 포위망을 다시 포위하긴 했지만 유한성과 자신들에게 곧장 도움을 줄 상황은 아니었다.

그들이 포위망을 조일수록 백화루 무사들의 포위망이 더 촘촘해지며 그 안에 있는 자신들은 더욱 위험해지는 이상한 상황이 벌어진 것이다.

"듣고 보니 그렇군. 우린 오히려 더 위험해졌어."

단목철문이 어이없는 표정을 지었다.

최종결과는 항마백룡대의 승리가 될지는 몰라도 그 승리

가 자신들하고는 전혀 상관없을 가능성이 높았다.

"뭐, 이런……!"

사진용도 어이없다는 표정을 지으며 역정을 터뜨렸다.

어쩌면 놈들의 포위망 안에서 앞에 선 이놈들과 혈전을 벌여야 할 상황이었다.

제일 앞에 선 기생오라비 같은 저놈은 얼마 전에 사형 유한성을 초죽음으로 만들어놓은 놈이 틀림없다. 그렇다면 자신들로서는 한꺼번에 덤벼야 가망성이 있을 법한데 다른 놈이 열 명이나 더 있으니 보통 문제가 아니었다.

잘못하면 이곳에서 뼈를 묻어야 할지도 몰랐다.

사진용은 마른침을 삼켰다.

같은 생각에 모용표와 단목철문도 긴장된 표정을 지었다.

"정말 총명해. 하지만 네놈이 이곳에서 죽는다는 사실은 변함이 없지."

잠시 동안 일그러진 얼굴을 하고 있던 사내가 다시 여유를 찾으며 말했다.

항마백룡대의 숫자가 더 많으니 부하들이 몰살당하고 퇴로를 걱정해야 할 상황이 되었지만 그때까지는 시간이 있다. 그 시간 동안 유한성을 자신의 손으로 죽일 수 있다는 사실이 무엇보다 만족스러웠다.

"이제까지는 어떻게 되었는지 모르겠지만 세상사가 마음먹은 대로 되지 않는다는 것을 뼈저리게 느끼게 해주지."

유한성이 적룡검을 뽑았다.

쩽! 하는 검명이 사방으로 퍼져 나갔다.

"좋은 검이군!"

사내가 안광을 빛냈다.

"너희는 저 떨거지들부터 옆으로 치워라!"

사내의 명령에 열 명의 흑의인이 유령처럼 앞으로 다가왔다.

"너… 몇 명이나 맡을 수 있어?"

마음이 급해지자 모용표가 단목철문에게 반말로 물었다.

"난 기관 전문가야. 무식한 싸움은 네 몫이지."

단목철문이 난감한 표정을 지으며 대꾸했다.

그 역시 반말이었다.

"그래도 명색이 단목세가의 자손인데 무공도 익혔을 것 아냐?"

모용표가 와락 눈살을 찌푸리며 목소리를 높였다.

"세 놈은 내가 맡겠소."

남궁성진이 검을 중단으로 올리며 앞으로 나섰다.

"두 놈은 내가 맡지요."

사진용도 모호한 기운을 끌어올리며 남궁성진의 옆에 섰다.

"젠장! 그래도 다섯이나 남았잖아."

모용표가 악을 썼다.

"나도 한 놈 맡지."

단목철문이 제일 왼쪽의 흑의인을 보며 말했다.

"저 애꾸눈을 한 놈도 네가 맡아."

모용표가 낮게 으르렁거리며 검을 치켜 올렸다.

그러면서도 그들은 연신 뒷걸음질을 쳤다. 그러자 자연스럽게 편이 나눠지며 유한성과 홍화교의 사내가 마주섰다.

홍화교 사내의 입꼬리가 여유롭게 위로 밀려 올라갔다. 그러나 그의 눈은 용암처럼 이글거리고 있었다.

놓쳐 버렸다고 생각한 일생 최대의 사냥감을 다시 만난 사냥꾼의 눈빛이었다.

"우습군!"

피식 웃은 사내가 말을 이었다.

"너 같은 놈을 필생의 상대로 생각하게 되다니."

사내가 그 이유를 모르겠다는 듯 유한성의 전신을 한 번 훑었다.

"난 전혀 만족감을 못 느끼겠는걸."

유한성도 입꼬리를 말아 올린 후 다시 말했다.

"난 네놈이 속한 홍화교 놈들을 모두 베기 전에는 허기를 달랠 수 없을 것 같아. 네놈 따위로는 부족해."

유한성이 검을 비스듬히 내렸다.

이중의 포위망 안에서 대결이 펼쳐질 이상한 상황이었다.

"건방진 놈!"

억눌린 소리와 함께 사내가 벼락처럼 검을 내려쳤다.

第百九章
재대결

슈아아악—

사내의 검이 대기를 찢어발기는 소리를 토하며 떨어져 내
렸다.

어느새 사내의 검은 붉게 물들기 시작했다.

그 검에서 어느 순간 뻗어 나오는 불길은 쇠라도 녹일 듯이
강렬했다.

하지만 아직까지 그 강력한 홍염기는 터져 나오지 않았다.
단순한 초식으로 상대하며 유한성의 상태를 가늠할 모양이었
다.

파아앗—

사내의 검이 머리 위로 떨어져 내리는 순간 유한성의 적룡검이 달이라도 가를 듯 위로 쳐 올라갔다.

콰앙!

기관을 박살 냈던 화탄이 터지는 것과 흡사한 폭음이 터지며 불똥이 튀었다.

쉬이익—

사내의 검을 쳐낸 유한성이 여세를 몰아 더욱 세차게 검을 휘둘렀다.

적룡검의 검신에 시퍼런 기운이 어리며 걸리는 것은 무엇이든 양단할 듯 일렁거렸다.

휘리릭!

사내의 검이 어느새 적룡검의 궤적을 정확히 막아갔다.

초식의 파훼법을 명확히 알고 있는 움직임이었다.

유한성은 사내의 검에 그대로 적룡검을 부딪쳐 갔다.

콰앙!

다시 폭음이 터졌다.

사내의 눈이 조금 가늘어졌다.

저번의 대결 때보다 어딘지 모르게 무거운 느낌!

내력의 차이이기보다 무언가 빗맞은 것 같은 느낌이었다. 그것이 손목에서 느껴졌다. 그러나 그것이 무엇 때문인지는 정확히 꼬집어낼 수는 없었다.

파파파파팟!

사내의 검이 어지러운 환초를 펼쳤다.

검영이 순식간에 사방팔방을 뒤덮으며 세상이 온통 사내의 검에 휩싸인 기분이 들었다.

옆에서 지켜보던 모용표와 단목철문이 두 눈을 부릅떴다.

딴 세상을 보는 것 같은 검법이었다.

온통 세상을 뒤덮은 검영은 거대한 해일처럼 두터웠다. 그리고 그 속에서는 언제 어디서 튀어나올지 모르는 검인이 혀를 날름거리고 있었다.

대체 저런 검법 어떻게 탄생했단 말인가?

또 저런 검법을 어떻게 막을 수 있단 말인가?

자신들로서는 엄두가 나지 않을 정도였다.

남궁성진 역시 그런 기분을 느꼈는지 표정이 밀랍을 칠한 듯 창백해졌다.

두 사람의 격렬한 대결에 이중의 포위망 안에 있는 다른 사람들은 물론 이중의 포위망을 펼치고 있는 사람들도 두 눈을 부릅뜬 채 지켜보기만 하고 있었다.

촤아아악!

젖은 비단천이 무거운 도끼에 의해 찢기는 듯한 소리가 터져 나오며 유한성의 검이 일도양단의 기세로 떨어져 내렸다. 그러자 도저히 대처할 방법을 찾을 수 없었던 사내의 검법이 길게 찢겨 나갔다. 동시에 세상을 가득 덮은 검영들이 거짓말같이 사라졌다.

복잡한 것일수록 단순하게 잘라 버린 사부의 가르침을 그
대로 실천한 유한성의 대처였다.

"제법!"

홍화교의 사내가 짤막하게 말한 후 다시 검을 그어 내렸다.

이번에는 한 가닥의 변초도 섞이지 않은 무거운 중검이었
다.

휘이익—

유한성도 그대로 검을 쳐올리며 사내의 검에 마주쳐 갔다.

콰아앙—

고막이 터질 듯한 폭음이 울렸다.

막강한 내력과 내력의 충돌이었다. 그 여파에 이중의 포위
망이 일순 흔들림을 보였다.

'음!'

유한성이 속으로 침음성을 삼켰다.

자신의 내력도 스무 살에 이 갑자가 넘는 경악할 수준이었
지만 사내는 자신의 내력을 훨씬 뛰어넘고 있었다. 못해도 이
십 년 내력은 더 쌓은 것 같았다.

슈아아악!

사내의 검이 다시 바위라도 양단할 듯 떨어져 내렸다.

똑같이 마주칠 듯 휘둘러 가던 유한성의 검이 어지럽게 흔
들렸다.

츄아아아악!

유한성의 검에서 지옥의 그물이 쏟아졌다.

한 가닥 백광이 번쩍이는가 싶었는데 그 백광은 어느새 수십 가닥이 되어 사내를 뒤덮어갔다.

그것을 본 사내가 차가운 미소를 흘렸다.

지옥의 그물인 마라검기였지만 파훼법을 알고 있는 이상 그것은 더 이상 치명적인 것이 아니다. 그냥 허공에서 흩어지는 불길처럼 허술할 뿐이다.

슈슈슈슈슉!

사내의 검이 어지럽게 흔들렸다. 그리고는 유한성이 뿌린 검기의 매듭을 잘라갔다.

마라검기가 흔들리며 허공에 흩어졌다.

처음 대결을 벌일 때와 똑같은 현상이었다.

"천한 놈! 아직도 그 수준이구나."

사내의 얼굴에 비웃음이 번져 나갔다.

"네놈이 더 천한 놈이란 것은 저번 대결에서 뼈저리게 느꼈을 텐데?"

유한성도 똑같이 비웃음을 흘렸다.

사내의 표정이 굳어졌다.

그때 비록 유한성을 반쯤 익은 고깃덩어리로 만들어놓았지만 결코 승리감을 얻지 못했다. 그 투지와 독기에서는 오히려 자신이 밀렸다.

그것이 가볍지 않은 패배감으로 이어졌고 그 패배감을 씻

고자 이곳에서 지금까지 기다린 것이다.

"천참만륙된 고깃덩어리의 입에서도 그런 말이 나오나 보겠다."

으르렁거린 사내가 태산이라도 가를 듯이 검을 휘둘러 왔다.

파아앙—

사내의 검이 시뻘겋게 변하며 수십 개의 잔영을 만들었다. 그리고 그것은 그대로 유한성의 전신을 향해 찔러 들어왔다.

"하앗!"

유한성이 폭갈을 터뜨리며 독사출동의 수법처럼 검을 찔러 넣었다.

사내의 검에서 붉은 기운이 터져 나왔다.

홍화교의 홍염기가 발출된 것이다.

우우웅—

찔러가던 유한성의 검이 미세한 떨림을 일으켰다. 그 떨림은 순식간에 동굴만큼 커지며 지옥의 그물이 되어 사내를 뒤덮어갔다.

"천한……."

검을 어지럽게 흔들며 파훼식을 펼쳐 나가던 홍화교 사내의 얼굴이 핼쑥하게 변했다.

무언가 이질적인 기운이 느껴졌다.

분명히 저번에 마주쳤던 마라십이검의 검초였다. 그런데

검초와 함께 일어나는 검기의 그물이 사뭇 다르게 느껴졌다.

훨씬 더 총총했고 훨씬 더 강력했다.

그러나 이미 기호지세!

휘리리릭!

사내의 검이 어지럽게 흔들리며 마라십이검의 검초에 부딪쳐 갔다.

파파팡―

기운과 기운의 충돌이 일며 불길이 치솟았다.

그리고 한줄기 파육음이 들렸다.

파팟―

사내의 허리 한곳이 갈라지며 선혈이 솟구쳤다.

비록 치명적인 것은 아니었지만 평정심을 흔들기에는 충분한 상처였다.

"이, 이놈이?"

사내의 눈썹이 역 팔자로 모아졌다.

상처에서 느껴지는 통증 때문이 아니었다. 그런 통증쯤이야 수백 배 더 심해도 눈 하나 깜박이지 않을 수 있었다.

파훼법을 뛰어넘고 스며든 검초 한 자락!

그건 분명히 저번과 다른 검로의 궤적이었다.

그냥 단순한 검초의 흔들림이었다면 이런 상처를 입힐 수 없다. 자신의 파훼식에 실린 내력을 자르며 스며든 변초였다.

그 짧은 사이 그것이 가능하단 말인가?

"마라십이검의 변초를 익혔다고? 그 짧은 기간에?"

사내는 상처를 지혈할 생각도 않고 질문했다.

"마라십이검이 아니라 현천성라검법이지."

유한성이 대꾸했다.

그 대답에 사내의 표정이 여러 번 변했다.

"그렇군!"

마침내 사내가 고개를 끄덕였다.

놈은 현천검문의 문도를 만났다.

그자 때문에 놈을 살려줄 수밖에 없었다.

또한 그로부터 한 수 가르침을 받았다는 말이다.

"하지만 그것으로 얼마나 가능할까?"

사내가 허옇게 이를 드러내며 웃었다.

마라십이검은 초상승의 검초였다.

그런 검초는 하루아침에 익힐 수도 없고 하루아침에 변화를 줄 수도 없다.

"한번 천한 놈은 끝까지 천한 놈일 뿐이다."

잇새로 말한 사내가 질풍처럼 쇄도해 들었다.

파아아앙—

사내의 검에서 폭음이 일며 불길이 쏟아졌다.

파츠츠츠츠—

유한성의 검에서도 현천성라검법의 초식이 터져 나갔다.

퍼퍼퍼퍼펑!

연이은 폭음과 함께 사내의 신형이 미친 듯이 뒤로 밀려났다.

홍염기를 가닥가닥 자른 현천성라검기가 가슴 대혈들을 노리며 파고들었기 때문이다.

필사적으로 신법을 펼친 덕분에 대혈이 터져 나가는 참사는 면했다. 그러나 그것으로 끝난 것이 아니었다.

츄아악!

대기를 찢는 소음과 함께 더 치명적이 검기의 폭풍이 휘몰아쳤다.

"하앗!"

기합성과 함께 사내는 마주쳐 홍염기를 터뜨렸다.

츠파파파파팟!

홍염기가 모두 잘려 나가며 시퍼런 검기가 목을 잘라왔다.

파훼법은 여전히 통하지 않았다.

파훼법이 통하지 않는 한 현천검문의 무공은 저승사자의 손길이나 마찬가지다.

그 점을 무엇보다 두려워했기에 사부는 온갖 방법을 동원해 현천검문의 무공비급을 빼낸 것이다.

그런데 이젠 그것도 무용지물이 되고 있었다.

눈을 부릅뜬 사내가 일도양단의 기세로 검을 내리그었다.

파앙—

겨우 목을 잘라오는 검기는 막아냈지만 어깨 한곳에서 피가 튀어 올랐다.

허리에서보다 더 큰 상처였다.

이 정도라면 대결에 지장을 줄 것도 같았다.

"이젠 네놈이 훨씬 더 천한 놈이란 걸 인정하겠지?"

유한성이 차가운 눈으로 사내를 쳐다보았다.

사내도 이를 악물며 자신의 상처와 유한성을 번갈아 노려 보았다.

도저히 불가능할 것이라 했는데 놈은 어느새 한 개의 껍질을 더 벗어버리고 나타났다.

이제 놈은 천한 기녀의 아들이 아니라 세상에서 가장 현묘하고도 두려운 문파인 현천검문의 문도였다.

사부마저도 두려워하는 현천검문의 문도!

자신은 그곳의 문도와 마주하고 있는 것이다.

갑자기 모골이 송연해지는 기분이었다.

파훼식이 통할 때도 그 지독한 투지와 독기는 가슴이 서늘해질 정도였는데 이젠 파훼식도 통하지 않는다.

사내의 숨결이 점점 더 거칠어졌다.

"어린 대주! 점점 더 마음에 드는군요. 혹시 연상녀에 대한 거부감 같은 건 없죠?"

유한성의 우세를 확인한 장하란이 짓궂은 농담을 던졌다.

"요망한 것!"

탁모격이 고함을 쳤다. 그러나 그의 목소리도 흥분에 들떠 있었다.

"지겨운 놈……."

홍화교 사내가 볼살을 부르르 떨며 유한성을 노려보았다.

"세상사가 마음대로 안 된다는 것을 이젠 느꼈겠지? 또한 세상만물에는 천적이 있다는 것도……."

"푸하하하!"

천적이란 말에 사내가 광소를 터뜨렸다.

자신들의 비밀 조직인 주루에서 기녀로 활동하던 여인의 아들!

그런 놈이 자신의 천적이란 말에 기가 막힌 것이다.

"그 웃음이 얼마나 갈까?"

비릿한 미소와 함께 유한성이 맹렬하게 검을 휘둘렀다.

동시에 그의 검에서 빛의 폭죽이 터져 나갔다.

천라폭정이었다.

수천 가닥의 빛줄기가 폭발하는 못처럼 사내를 덮쳐갔다.

사내가 이를 악물며 검을 앞으로 뻗었다.

우우웅—

사내의 검에서 무거운 진동음이 어리는가 싶은 순간 사내의 검이 둥근 원을 그렸다. 그러자 사내의 검에서 뻗어 나온 붉은 불길이 검막을 형성하며 사내를 감쌌다.

파파파파파파파파팡—

셀 수조차 없는 수많은 폭음과 함께 천라폭정의 기운이 소멸되었다. 동시에 사내가 펼친 검막도 갈기갈기 찢어지며 소멸되었다.

"하앗!"

검막으로 천라폭정의 검초를 막은 사내가 허공으로 몸을 날렸다. 그리고는 태산압정의 수법으로 검을 내리쳤다.

이젠 초식으로는 상대가 되지 않는다.

파훼식이 없는 한 현천검문의 검초를 막을 초식은 세상천지에 없을 것이다. 그렇다면 내력으로 거세게 몰아쳐서 승기를 잡는 순간 순식간에 목을 쳐야 한다.

콰아앙—

검과 검이 부딪치며 땅이 진동할 정도의 충격파가 터져 나왔다.

가장 가까이에 있는 사람들의 상체가 세차게 흔들리며 몇 걸음씩 뒤로 물러섰다.

사내의 검에 마주친 유한성의 표정이 찌푸려졌다.

내력은 놈이 훨씬 위였다.

놈은 그것을 십분 이용하고 있었다.

쿠아앙!

다시 검이 마주쳤다.

초식을 뿌릴 틈도 주지 않고 연속적으로 휘둘러 오는 중검이었다.

단 한 번이라도 강하게 쳐내서 떨쳐내야만 초식을 뿌릴 여유가 있을 것인데 놈은 그 틈을 주지 않고 계속해서 두드려 오고 있었다.

콰콰콰콰쾅!

다시 연속적인 폭음이 터졌다.

유한성의 얼굴이 더욱 찌푸려졌다.

내부가 진탕되며 속이 울렁거렸다. 그만큼 놈이 쏟아붓는 내력이 엄청났다.

이런 식으로 내력을 허비하다가는 뒤를 기약할 수 없지만 놈은 아랑곳하지 않았다.

놈은 이번 격돌에 모든 것을 걸고 있는 것이다.

어쩌면 지금 상황으로서는 그것이 가장 현명한 방법인지도 몰랐다.

어차피 초식의 싸움에서는 승산이 없기에 모든 것을 포기하고 한 번 잡은 기회를 놓치지 않고 계속해서 몰아치는 것이다.

콰쾅!

다시 검이 부딪치며 충격파가 손목을 통해 가슴까지 전해졌다.

내부가 조금 더 진탕되었다.

단 한 번만 떨쳐내면 승기를 잡을 수 있을 것 같았는데 놈은 그 기회를 주지 않았다.

여우보다 더 영악한 놈이었다.

"한계가 왔구나. 천한 놈!"

사내가 비웃음을 흘리며 더욱 가까이 육박해 들었다.

유한성은 마지막 내력까지 끌어올리며 사내의 검에 마주쳐 갔다.

놈의 무공은 마공에 더 가깝다.

그러기에 순간적인 폭발력은 강하겠지만 웅혼하게 오래가지 못할 것이다. 조금만 더 버티면 놈에게도 파탄이 드러날 수 있다.

하지만 그런 예상을 비웃기라도 하듯 놈은 계속해서 몰아붙이고 있다.

콰앙!

이전보다 두 배는 더 강한 충격파가 터졌다.

울컥!

선혈 한 모금이 목구멍으로 치솟아 올랐다.

억지로 삼키며 억눌렀지만 혈맥은 더욱 진탕되었다.

"마지막이다, 이 천한 놈아!"

유한성의 상태를 읽었는지 사내가 더 강맹하게 검을 내리쳤다.

이번마저 충격을 받는다면 혈맥이 완전히 뒤틀릴 것 같았다.

유한성은 필사적으로 신형을 뒤로 빼냈다.

그러나 사내는 끈이라도 묶은 듯 꼭 같은 거리를 유지하며 검을 휘둘러 왔다.

슈아아악―

사내의 검이 거대한 기둥처럼 변하며 유한성의 머리 위로 떨어져 내렸다.

유한성의 표정이 밀랍처럼 딱딱해졌다.

계속 뒤로 밀린다면 놈의 부하들이 펼치고 있는 포위망에 부딪치게 될 것이다. 그렇다고 다시 마주친다면 혈맥 속의 진기가 폭주하여 주화입마에 이르게 될 것이다.

진퇴양난의 상황이란 바로 이런 경우를 말함이었다.

第百十章
역전

절체절명의 순간 유한성의 뇌리가 차갑게 회전했다.

"지금은 단전에 가두어두었다가 필요할 때 요긴하게 써 먹게!"

차갑게 가라앉은 뇌리에 맹주 선운진인의 목소리가 들렸다.

맹주는 이런 상황을 예측하고 있었단 말인가?

그러나 아직 자기 것으로 만들지 못한 기운이었다. 그것을 지금 터뜨리면 어떤 결과에 봉착할 것인가?

머릿속은 복잡했지만 몸은 어느새 그 기운을 끌어올리고
검으로 뿜어내고 있었다.

콰앙!

건물이 무너질 듯한 폭음이 울렸다.

동시에 흙먼지가 피어올라 사방이 암흑으로 변했다.

잠시 정적이 찾아왔다.

흙먼지가 걷히고 상황이 조명되었다.

"쿨럭!"

유한성이 선혈 한 모금을 토했다.

"이… 놈이?"

야차 같은 표정을 한 사내도 울컥! 선혈을 토했다.

어느 누구도 이득을 보지 못한 상황이었다.

하지만 그것으로 족했다.

찰거머리같이 따라붙는 놈을 떼어낸 것으로 충분했다.

"이젠 내 차례인가?"

유한성이 검을 들어 올렸다.

우우웅―

적룡검에서 새하얀 기류가 어리며 공간을 찌그러뜨렸다.

그것을 본 사내의 얼굴이 창백하게 변했다.

슈아아악―

적룡검이 대기를 갈랐다.

단순하게 사선으로 그어 내리는 동작이었지만 그 속에 담

긴 검초는 세상에서 가장 현묘하고 무거운 기운을 담고 있었
다.

지옥의 그물, 아니, 별들의 그물인 현천성라검기가 세상을
가득 덮으며 사내를 덮쳐갔다.

"하아앗!"

사내가 목청이 터져라 기합성을 지르며 검을 내려쳤다.

사내의 검에서도 세상을 다 태울 듯한 불길이 쏟아졌다.

쿠콰콰콰콰쾅!

불길과 서릿발 같은 기운이 충돌하며 또 다른 색감의 빛줄
기가 솟구쳤다.

그리고 그 사이로 선혈이 튀어 올랐다.

"크으윽!"

상체에 수십 가닥의 검상을 입은 홍화교의 사내가 연신 뒷
걸음질을 쳤다.

그중에는 뼈가 드러날 정도로 깊은 상처도 몇 개나 있었다.

"주군!"

남궁성진 등과 대치하며 서 있던 사내 하나가 급히 달려왔
다.

"어딜!"

모용표가 신형을 옮기며 사내를 막아섰다.

휘익—

사내가 냅다 검을 휘둘렀다.

그와 함께 남궁성진도 세차게 검을 휘둘렀고 그들의 싸움
도 시작되었다.

"이거 대체 어떻게 해야 하는 거야?"

장검을 든 사조장 포천영이 난감한 표정으로 탁모격을 쳐
다보았다.

마음 같아서는 당장 조여들어가 포위망 안에 갇힌 놈들을
도륙하고 싶었지만 그럼 놈들의 포위망이 좁혀지며 그 안에
갇힌 대주 유한성과 그 동료들이 위험해진다. 그것을 방지하
기 위해 팽팽하게 대치만 하고 있으려니 미칠 지경이었다.

당장 남궁성진 등의 싸움이 수적 열세로 위태로웠다. 그들
에게 달려가고 싶었지만 안쪽 포위망이 절대로 만만치 않았
다.

"미치겠군."

장하란도 사내처럼 역정을 터뜨리며 안절부절못했다.

안쪽의 작은 포위망과 바깥쪽의 큰 포위망이 팽팽하게 대
치한 상황에서 그 안쪽의 싸움은 본격적으로 치열해지고 있
었다.

"이젠 네놈이 천한 놈이란 걸 똑똑히 알겠지?"

유한성이 이글거리는 눈으로 사내를 노려보며 말했다.

사내가 뿌드득! 하고 이를 갈았다.

"아직 끝나지 않았다."

상체의 상처를 지혈한 사내가 다시 검을 들어 올렸다.

행동에 제약을 받을 만한 상처가 몇 개나 되었지만 사내의
검은 여전히 붉게 빛나고 있었다.

쐐애액―

사내의 검이 대기를 갈랐다.

동시에 거대한 불길이 일며 유한성을 덮쳐왔다.

유한성은 눈살을 찌푸렸다.

사내의 검에서 쏟아진 홍화기와 함께 두 자루의 검이 더 쏟
아지고 있었다.

남궁성진 등이 다 막지 못한 사내의 부하들이 몸을 날려 가
세한 것이다. 수적으로 두 배 이상 더 많은 그들이었기에 두
놈이 몸을 빼내 같이 공격하고 있는 것이다.

파츠츠츠츠―

차가운 안광을 빛낸 유한성은 현천성라검법의 마지막 삼
초식을 연달아 펼쳤다.

마라십이검에서 현천성라검법으로 바뀌며 훨씬 더 강력해
진 검초가 세 사내를 동시에 쓸어갔다.

"크윽!"

"크아악!"

홍화교 사내의 부하 두 명이 처절한 비명과 함께 뒤로 튕겨
났다.

온몸이 난자당한 그들의 몸에서 피분수가 터지고 있었다.

그 모습은 마치 천잠사 그물에 걸려 갈기갈기 찢긴 것 같

왔다.

"이놈!"

홍화교 사내가 폭갈을 터뜨리며 마지막 검초를 쏟아부었다.

콰르르르르—

홍화의 불길이 사방으로 밀려왔다.

그 불길을 향해 성라의 그물이 사방으로 터져 나갔다.

"크윽!"

사내가 답답한 신음과 입으로 피를 쏟으며 뒤로 튕겨 나갔다.

현천성라검법에 당한 탓도 있었지만 그렇게 튕겨 나가면 포위망을 펼치고 있는 부하들 품이었기에 의도적인 행동이었다.

"주군!"

사내의 의도대로 포위망을 형성한 부하들이 비틀거리는 사내를 받아 들었다.

온몸에 몇 개의 상처를 더 입은 사내는 더 이상 대결을 벌일 만한 상태가 아니었다.

"모조리 조여 죽여라!"

홍화교의 사내가 부하들을 향해 고함을 질렀다.

이젠 더 이상 포위망끼리의 대치는 필요 없다. 난전을 벌이며 그 속에서 살길을 도모할 수밖에 없었다.

"천한 놈!"

유한성이 부하들 품에 안긴 홍화교 사내를 쳐다보며 차갑게 웃었다.

사내의 얼굴에 순간적으로 짙은 수치심이 떠올랐다.

"모조리 도륙하라!"

항마백룡대에서도 고함이 터져 나오며 안쪽의 포위망을 향해 맹렬하게 쇄도해 들었다.

"뒤로!"

유한성이 남궁성진 등을 향해 짤막하게 고함을 질렀다.

가장 안쪽의 자신들은 이제 등을 맞대고 놈들의 포위망을 뚫어야 했다. 그리고 바깥쪽의 포위망으로 합류해야 한다.

한 명을 베고 일곱 사내와 접전을 펼치고 있던 남궁성진, 모용표 등이 급히 몸을 빼냈다.

그 사이로 유한성의 검이 폭풍처럼 휘몰아쳤다.

쿠콰콰콰쾅!

별들의 그물이 일곱 사내를 향해 쏘아졌다.

사내들이 공포에 질린 눈을 하며 미친 듯이 검을 휘둘렀다.

파파파파파팟!

창호지 문에 물방울이 튀는 소리가 연속적으로 울렸다. 동시에 가슴을 부여 쥔 세 사내가 바닥을 굴렀다.

그들의 손아귀를 비집고 폭포수 같은 선혈들이 터져 올랐다.

세 명의 심장이 동시에 반쪽으로 갈라진 것이다.

파파팟—

남궁성진의 검도 가문의 독문검법인 창궁무애검법을 펼치며 사내 하나의 목을 날렸다.

모용표의 검도 사내 하나의 복부를 가르며 자욱하게 선혈을 튀겼다. 그 선혈 속에 몸을 숨긴 사진용이 남은 두 사내의 목줄을 긋고 지나갔다.

그렇게 홍화교 사내와 함께 지하에서 솟아올랐던 열 명의 부하는 모조리 쓰러졌다.

그러나 더 많은 사내가 포위망을 급속하게 조여오고 있었다.

"저곳을 집중적을 뚫겠소."

유한성이 짤막하게 말하며 발끝으로 땅을 박찼다.

번쩍! 하며 그의 신형이 조여오는 포위망 앞에서 솟구쳤고 뒤늦게 남궁성진과 모용표 등이 몸을 날렸다.

파츠츠츠츠—

별들의 그물이 쏟아지며 포위망에 구멍이 생겼다.

그 사이로 다섯 청년이 쏟아져 나왔다.

"대, 대주!"

"남궁공자!"

피아를 식별하기 힘든 상황에서 갑자기 유한성 등이 튀어나오자 검을 휘두르려던 항마백룡대 사내들이 기겁을 하며 검을 회수했다.

"정말 마음에 들어요, 대주! 홀딱 반했어요."

오조장 장하란이 무사히 포위망을 탈출한 유한성을 보며 안을 듯이 달려왔다.

"명불허전이오."

일조장 초두윤(焦杜尹)도 긴 수염을 흩날리며 만면가득 미소를 지었다.

오십 중반을 넘긴 그는 항마백룡대 무인들 중 가장 연장자였다. 또한 유한성이 한시적인 항마백룡대 대주직을 물러난 후에는 그가 대주가 될 것이다.

"이젠 더 이상 노심초사할 것 없다. 거침없이 조여서 숨통을 끊어라."

초두윤이 고함을 질렀다.

유한성과 남궁성진들이 포위망을 탈출했으니 이젠 아무 거리낌없이 놈들을 벨 수 있는 것이다.

"와아!"

사기가 충천한 항마백룡대 대원들이 피에 굶주린 마귀처럼 검을 휘두르며 백화루 무인들을 도륙해 나갔다. 반면 백화루의 무인들은 수장인 홍화교 사내와 그를 보필하던 절정고수 열 명이 모두 도륙된 상태였기에 사기가 떨어질 대로 떨어졌다.

더구나 홍화교 사내의 말대로 주력은 이미 빠져나간 상태였다.

무림맹 무사들을 건물과 함께 폭사시키고 유한성을 잡을 인원만 준비하고 있던 그들이었기에 압도적인 숫자와 무력을 갖춘 항마백룡대에게 상대가 될 수 없었다.

순식간에 반 이상이 베어지며 포위망이 더욱 좁혀졌다.

"한 놈도 살려주지 마라!"

항마백룡대 대원들의 도검이 더욱 맹렬하게 휘둘러졌다.

무림맹이 창설되기도 전부터 지하 깊은 곳에서 수련만 한 그들은 그 지옥 같은 시간을 보상이라도 받을 듯 도검을 휘둘렀다.

"크윽!"

"큭!"

연방 비명성이 터져 나오며 백화루의 무인들이 바닥으로 나뒹굴었다.

이제 남은 자들은 서른도 되지 않았다.

그들은 적극적인 공격은 하지 않고 검진을 펼친 채 그 안에 있는 홍화교 사내를 엄중 보호하고 있었다.

그들을 향해 항마백룡대 대원들이 천천히 조여들어 갔다.

마지막까지 살아남은 자들이었기에 먼저 쓰러진 놈들보다 훨씬 강했다. 또한 공격보다는 검진을 펼치며 수비에 전념하고 있었기에 조금 신중해진 것이다. 그것이 아니더라도 이젠 조급할 필요가 없었다.

놈들은 독 안에 든 쥐였고 모조리 도륙하는 것은 시간문제일 뿐이었다.

유한성은 냉정한 눈으로 홍화교 사내를 쳐다보고 있었다.

사내는 남은 부하들이 펼친 검진 안에서 검을 지팡이처럼 짚은 채 우뚝 서 있었다.

전신으로 흐른 피가 온 의복을 적셔 혈인을 방불케 했지만 사내는 그 상태로 눈을 감은 채 운기에 몰입하고 있었다.

"쳐라!"

누군가 고함을 쳤고 항마백룡대 대원들이 쥐 몰이를 하듯 포위망을 좁혀들었다.

째쨍!

쨍!

날카로운 쇳소리와 함께 다시 접전이 벌어졌다.

포위망 안에 펼쳐진 검진은 필사적이면서도 삼끈처럼 질겼다.

몇 번이나 조여들었지만 공격들을 모조리 튕겨내며 홍화교 사내에게 휴식할 틈을 마련해 주고 있었다.

"하앗!"

숨을 돌리고 있던 남궁성진이 고함과 함께 검진을 향해 쇄도했다.

차차차창!

검이 여러 번 부딪치며 남궁성진이 뒤로 튕겨났다.

일대일의 대결이라면 놈들 중 누구라도 벨 실력이 있는 그였지만 검진에 마주치자 속절없이 튕겨난 것이다.

유한성은 정수리에 신경을 집중하며 검진을 응시했다.

잘 짜여진 검진이었고 개개인의 무위 또한 만만치 않았다. 또한 평소에 거듭된 수련으로 인해 이런 위력을 발휘하는 것이다.

하지만 정호회 타격대를 수련시키며 검진을 깨는 훈련을 수없이 반복한 유한성이었다.

쉬이익—

어느 순간 유한성의 신형이 빨랫줄처럼 늘어났다.

그 자리에서 솟아나듯 검진 한곳을 향해 쇄도한 유한성이 맹렬하게 검을 휘둘렀다.

까까깡!

덜 담금질된 쇠가 터지는 듯한 소리가 들렸다. 그리고 검진의 고리 한쪽이 끊어졌다.

쉬익—

일조장 초두윤이 바람처럼 유한성의 곁으로 날아들었다. 그리고는 균열이 간 검진을 향해 검을 휘둘렀다.

까까깡!

두 차례의 공격으로 검진의 고리 한쪽이 완전히 끊어져 나갔다.

"쳐라!"

항마백룡대 대원들이 백화루 무사들을 향해 밀물처럼 밀

려들었다.

"크윽!"

"큭!"

검진이 와해되자 백화루 무사가 하나둘씩 도륙되기 시작했다. 그러면서도 그들은 홍화교 사내를 둘러싸고 필사적으로 보호했다.

사내는 여전히 꼼짝도 하지 않고 선 채 운기에 몰입했다.

부하들이 다 베어지고 다섯밖에 남지 않았을 때 사내가 번쩍! 눈을 떴다.

사내의 눈에 혈광이 어렸다.

"모두 베어라!"

삼조장 탁모격이 탁한 음성으로 연방 고함을 질렀다.

운기를 끝낸 홍화교 사내의 눈에 어린 혈광이 심상치 않았다. 놈이 무슨 수단을 부리기 전에 끝장을 보려는 것이다.

"크윽!"

"큭!"

백화루 무사 두 명이 다시 베어 넘어졌다. 그러나 어쩐 일인지 사내는 꼼짝도 하지 않고 서 있었다.

"으윽!"

다시 한 명의 무사가 베어지고 두 명밖에 남지 않았을 때 사내는 갑자기 몸을 솟구쳤다.

쉬이익—

사내의 신형이 제일 가까운 쪽에 있는 건물의 지붕 끝을 향해 섬전처럼 날아갔다. 그렇게 지붕을 박차고 도주를 할 생각인 것이다.

이 순간을 위해 사내는 악착같이 운기를 한 것이다.

"엇!"

"어엇!"

항마백룡대 대원들이 경호성을 터뜨렸다.

단 한 번의 도약에 상상도 못할 거리를 뛰어넘는 사내의 가공할 경공에 깜짝 놀란 것이다.

그러는 사이 사내의 신형은 건물의 지붕을 향해 다다르고 있었다.

콰앙!

사내의 발이 건물의 지붕을 박차려는 순간, 한 자루 검이 폭풍처럼 회전하며 날아와 건물 지붕 한쪽을 날려 버렸다.

유한성이 펼친 비검술이었다.

처음 만났을 때 까만 점이었다가 순식간에 가까워지는 사내의 가공할 경공술을 익히 알고 있는 유한성이었다. 만약 지붕 끝을 박차고 한 번 더 도약하면 비조라 해도 사내를 따라잡을 수 없을 것이다.

그것을 누구보다 잘 알기에 유한성은 사내가 밟으려는 지붕 끝을 아예 박살을 내버린 것이다.

지붕 끝을 강하게 박차고 재도약을 하려던 사내의 얼굴이

흉신악살처럼 일그러졌다.

밟기도 전에 발판이 왕창 무너졌기에 사내의 신형은 속절없이 아래로 떨어져 내렸다. 그곳을 향해 항마백룡대 대원들이 바람처럼 포위망을 형성했다. 그리고는 사내를 마당 가운데로 몰았다.

다시 엄중한 포위망 속에 갇힌 사내가 유한성을 노려보았다.

비검술을 펼쳤던 검을 회수한 유한성이 입술을 움직였다.

"거듭 천한 짓을 하는군."

유한성의 비웃음에 사내는 이를 갈았다. 평생 이런 치욕은 받은 적이 없었다. 그러나 지금 상황에서 자신이 할 수 있는 최선은 이 자리를 빠져나가는 것이었다.

"퇴로를 철저히 차단하라."

일조장 초두윤이 사방을 살피며 고함을 질렀다.

한 번은 속았지만 두 번은 당하지 않겠다는 듯 항마백룡대 대원들이 이중 삼중으로 주변을 에워쌌다.

"이젠 끝장을 낼 때가 됐군."

유한성이 천천히 홍화교 사내에게로 다가갔다.

도주를 포기한 사내가 고개를 끄덕이며 검을 들어 올렸다.

"그렇군. 내 운은 여기까지인 모양이야. 정말 우스워. 너 같은 놈에게서 내 운이 끝날 줄은 상상도 못했어."

사내가 자조 어린 목소리로 말했다.

“기생오라비 같은 놈아. 우리 대주가 어때서?”

장하란이 표독스런 목소리로 고함을 질렀다.

“그만 끝내지. 저승으로 가더라도 네놈 팔 하나는 가져가야겠다.”

사내가 검에 내력을 불어넣었다.

우우웅—

부하들에 둘러싸여 만사 제쳐놓고 운기를 한 때문인지 그의 검에는 처음 못지않은 붉은 기운이 어렸다.

유한성도 적룡검을 비스듬히 내렸다.

잠시 대치 상태에서 서로 격돌을 하려는 찰나 포위망 뒤쪽에서 기기깅! 하는 기관소리가 들리며 사내가 열 명의 부하와 함께 나타났던 땅이 갈라졌다.

“조심해라!”

혹시 모를 공격에 대비해서 항마백룡대 대원들이 만반의 준비를 하며 지하 통로를 노려보았다.

홍화교 사내도 눈을 번뜩였지만 그곳은 포위망 뒤쪽이어서 뛰어들 수가 없었다.

“어엇!”

한참 동안 노려보았지만 아무런 소식이 없자 고개를 내밀어 지하통로 안을 살피던 대원 하나가 경호성을 지르며 뒤로 물러났다.

지하통로에서 검을 든 다섯 명의 여인이 솟아오르고 있었다.

백화루의 가장 아름다운 꽃인 일화에서 오화까지였다.

"주군!"

피 냄새가 난무하는 상황과는 전혀 어울리지 않는 화려한 차림을 한 그녀들은 날아갈 듯한 걸음걸이로 포위망 안에 있는 사내를 향해 몸을 날렸다.

피비린내 나는 격전장에 선녀처럼 아름다운 차림의 여인들이 포위망 안으로 날아들자 포위망을 구축하고 있던 대원들도 멍하니 쳐다보기만 할 뿐 포위망 속으로 들어가는 그녀들을 막지 않았다. 어차피 같이 포위하여 잡아야 할 사람들이었기 서둘러 포위망을 조이기만 했다.

"주군!"

사내에게 다가간 일화가 갈라진 음성으로 사내를 불렀다.

"떠나라고 했을 텐데?"

사내가 눈살을 찌푸리며 다섯 여인들을 쳐다보았다.

"같이 죽겠어요, 주군."

일화가 눈물을 흘리며 사내 곁으로 다가갔다.

"후후!"

잠시 다섯 여인을 쳐다보던 사내가 차가운 웃음을 흘렸다.

"같이 죽겠다고? 그럼 모두 날 위해 죽어줄 수도 있단 말이군."

그 말과 함께 사내가 와락 일화와 이화를 잡아당겼다. 그리고는 그녀들의 목에 검을 가져다댔다.

“주, 주군?”

목에 검인이 닿은 일화와 이화는 물론, 다른 세 여인도 놀란 눈으로 사내를 쳐다보았다. 그러나 사내는 여인들에게는 한 점의 시선도 주지 않고 유한성을 쏘아보았다.

“이 여인들을 보니 기분이 어떤가?”

사내가 잔인한 웃음을 머금으며 말했다.

“자네 어머니와 똑같은 여인들이지. 후후!”

사내의 웃음이 더욱 잔인하게 번져갔다.

“이 여인들을 자네 앞에서 하나씩 죽여주지.”

파앗—

어찌할 새도 없이 사내가 검을 휘두르자 조금 떨어진 곳에 서 있던 오화의 가슴이 쩍 갈라지며 피분수가 튀어 올랐다.

오화는 비명을 지를 새도 없이 부릅뜬 눈으로 홍화교의 사내를 쳐다보다가 헝겊인형처럼 무너졌다.

“어엇!”

선녀처럼 아름다운 여인의 가슴이 길게 갈라지며 처참한 모습으로 쓰러지는 것을 본 항마백룡대 대원들이 경호성을 터뜨렸다.

아무리 적이지만 연약한 여자가 저렇게 처참하게 죽는 모습은 당황스럽기 그지없었다.

“주, 주군?”

삼화와 사화도 경악에 물든 눈으로 사내를 쳐다보았다.

"자네 어머니 한 명이 죽었네. 그리고 또 한 명!"

사내의 검이 다시 허공을 가르며 사화의 가슴이 오화와 똑같은 모습으로 갈라지며 피분수와 함께 바닥으로 쓰러졌다.

눈 깜짝할 사이에 벌어진 처참한 상황이었다.

도저히 예상치 못한 홍화교 사내의 행동에 피아를 가릴 것 없이 모두 두 눈만 부릅뜬 채 혼란에 빠져들었다.

"뿌드득!"

유한성의 입에서 이가 갈리는 소리가 섬뜩하게 흘러나왔다.

"네 어머니보다 더 불쌍한 여인들이 아직도 셋이나 남았다네. 하지만 이 여인들을 베면 나도 벨 수 있지. 어서 달려들어 자네 어머니들과 함께 나를 베게."

사내가 일화와 이화의 몸을 더욱 바짝 끌어당기며 고함을 질렀다.

"뭐, 뭐야?"

"대체 무슨 일이야?"

평소 철의 심장을 가진 것 같던 유한성이 피가 나도록 입술만 씹으며 쉽게 움직이지 못하는 모습에 대원들은 여전히 눈만 둥그렇게 뜨고 상황을 지켜보기기만 했다.

"천하다는 말도 아까운 더러운 놈!"

유한성이 피를 토하듯 말했다.

"후후! 너도 나를 위해서 죽어라!"

사내가 삼화를 향해 검을 휘둘렀다.

퍼엉—

사내의 검에서 검기 대신 강력한 검풍이 쏟아졌다.

"아악!"

비명을 지른 삼화가 검풍에 휩쓸려 날아갔다.

그 방향은 그녀들이 나온 지하 출입구가 있는 곳이었다.

"너희도 마찬가지다!"

사내가 팔로 목을 감고 있던 일화와 이화의 뒷덜미를 잡아 무를 뽑아 던지듯 던졌다.

휘익!

획!

두 여인도 삼화가 날아간 양옆으로 날아갔다.

"모두 죽어라!"

세 여인을 지하 출입구 방향으로 날린 사내가 고함과 함께 검을 휘둘렀다.

콰아앙—

사내의 검에서 시뻘건 검기가 세 여인을 향해 벼락처럼 쏟아졌다.

파파파파팡—

유한성의 검에서도 성라검기가 쏟아지며 홍화교 사내의 검에서 쏟아진 홍염기를 잘라갔다.

세 여인을 구하기 위한 무의식적인 발출이었다.

"피해라!"

삼조장 탁모격이 고함을 질렀다.

계속 포위망을 형성하고 그 자리를 지키고 있다간 홍화교 사내의 홍염기와 함께 그것을 잘라가는 유한성의 성라검기에 고스란히 휩싸일 상황이었다.

홍화교 사내는 그런 위치로 세 여인을 교묘히 날려 버리고는 홍염기를 뿌린 것이다.

콰아앙!

두 기운이 충돌하며 포탄이 터지는 것 같은 폭음이 솟구쳐 올랐다. 동시에 간발의 차로 목숨을 건진 세 여인이 입에 피를 토하며 바닥으로 나뒹굴었다.

강력한 두 기운이 충돌한 폭압만으로도 그녀들은 견딜 수 없었던 것이다.

"천한 놈!"

홍화교 사내가 비웃음과 함께 포위망이 걷혀진 지하 출입문 안으로 몸을 날렸다.

휘익!

이를 간 유한성도 홍화교 사내를 따라 지하 석실로 몸을 날렸다.

파앗—

남궁성진이 땅을 박차며 지하 석실로 뛰어들었다.

"이런 개 같은 놈!"

모용표가 남궁성진의 뒤를 이어 같이 몸을 날리려다 우뚝 걸음을 멈추었다.

[멈추시오! 그리고 여인들을 보살펴 주시오!]

유한성의 전음이 모용표의 고막을 때렸다.

잠시 후 콰앙! 하는 폭음과 함께 지하 석실 통로가 박살이 나며 아래로 내려앉았다.

순간적으로 모용표의 얼굴이 핼쑥하게 변했다.

유한성의 전음이 없었더라면 지하 석실로 뛰어드는 순간 폭발에 휩쓸리며 무너지는 입구의 잔해에 깔렸을 것이다.

소름이 전신을 뒤덮는 가운데 모용표는 지하 석실로 날아 내려간 유한성이 어떻게 자신의 움직임을 정확히 읽고 그런 전음을 날렸을지 극심한 혼란에 휩싸였다.

그건 일대종사라 할지라도 불가능한 초인적인 감각이었다.

큰 혼란에 휩싸였던 모용표는 세차게 고개를 흔들었다.

지금은 그럴 때가 아니었다.

그 혼란은 나중에 천천히 음미해 보기로 하고 우선은 여인들의 상세를 살펴야 했다.

모용표는 입으로 피를 토하며 바닥에 쓰러져 있는 여인들을 향해 달려가 일화의 맥을 짚었다.

기식이 미약하긴 했지만 생명에는 지장이 없었다.

"좀 돌봐주시오."

모용표는 다가온 장하란등에게 이화와 삼화도 부탁했다.

장하란이 급히 삼화의 단전에 손을 대고 진기를 불어넣었고 일조장 초두윤도 이화의 맥문을 잡고 진기를 흘려 넣었다.

"대체 누군가요, 이 여인들은?"

응급처치를 마친 장하란이 의구심 가득한 눈으로 세 여인을 쳐다본 후 모용표에게 질문을 던졌다.

차림새로 보아서는 이곳 백화루의 기녀들이 분명한데 그녀들을 대하는 유한성의 행동이 이해가 가지 않은 것이다.

"차차 알게 되겠지요. 그러니 각별히 보살펴 주시오."

모용표가 장하란을 보고 부탁했다.

그 역시 자세한 연유는 알 수 없지만 유한성이 전음으로 부탁한 여인들이었다. 그런 여인들이니 함부로 할 수 없는 일이었다.

"알겠어요. 그런데… 무슨 여자들이 이렇게 예쁘지. 사람이 맞나?"

장하란이 인상을 썼다.

무인이기 이전에 여자인 그녀로서는 본능적인 질투심이 솟아오른 것이다.

"어서 안으로 옮겨라. 그리고 지켜보며 간호해라."

장하란이 다른 여자 대원에게 지시를 내리자 여자 대원들이 세 여인을 조심스럽게 건물 안으로 옮겼다.

"어서 장내를 정리하고 안을 살펴라."

일조장 초두윤도 대원들에게 지시를 내렸다.

그의 명령에 아직 포위망을 형성하고 있던 대원들이 빠르게 움직이기 시작했다.

"우리도 쫓아가 봐야 하지 않을까?"

단목철문이 무너진 지하 출입구 쪽을 쳐다보며 말했다.

"어디로 튀어나올 줄 알고?"

모용표가 뚱하게 말을 받았다.

"그건 그런데… 그 개자식! 도저히 용서가 안 돼."

단목철문 언성을 높였다.

"유 공자가 알아서 할 것이다. 우리는 이곳 내부를 살펴보자. 무언가 놈들에 대한 단서를 찾을 수 있는 물건들이 있을지도 모르니까."

모용표가 차분한 음성으로 말했다.

"저 건물처럼 진천뢰가 설치되어 있으면 어쩌려고?"

단목철문이 폭발과 함께 왕창 내려앉은 건물을 쳐다보며 말했다.

아직도 건물의 잔해는 강한 불길에 휩싸여 있었다.

"그래서 네가 같이 온 것 아니냐?"

모용표가 피식 웃으며 앞장을 섰다.

기관진식에 해박한 지식이 있는 단목철문은 그런 상황도 충분히 감지하고 대처할 능력이 있었다.

"그런데 너 왜 아까부터 계속 반말이냐?"

단목철문이 뒤늦게 딴죽을 걸었다.

급박한 상황에서 서로 반말로 고함을 치다가 그게 굳어진 것이다.

"그러는 넌?"

모용표가 퉁명스럽게 대꾸했다.

"퉁 치자."

단목철문이 입맛을 다셨다.

"그런데 남궁… 그 인간은 안 될 것 같지?"

단목철문이 남궁성진을 지칭하며 말했다.

"아직은 형님의 죽음에 대한 원한이 사무쳐 얼음덩어리야. 좀 더 지나면 나아지겠지."

고개를 끄덕인 두 사람은 걸음을 빨리하며 백화루 건물 한 곳으로 스며들었다.

第百十一章
절반의 복수

쉬이익—

발끝으로 땅을 박찬 유한성은 비조처럼 지하 통로를 달려 나갔다.

통로는 좁았지만 직선으로 뻗어 있어 최고조로 속도를 낼 수 있었다.

그러나 그건 놈도 마찬가지일 것이다.

놈 역시 최고의 속도로 경공을 펼치며 치달려 나가고 있었다.

놈의 경공은 지하 통로에서도 어김없이 진가를 발휘했다.

처음 만났을 때 경공에 특화된 인간일지라도 저런 속력은 불가능할 것이라는 느낌을 받았던 놈이었다. 그래서 그런지 앞서 달리는 놈의 기척이 조금씩이나마 멀어지는 것 같았다.

그래도 이나마 거리를 유지하는 것은 대결 중에 놈이 전신에 입은 상처로 인해 제대로 진기를 끌어올리지 못하고 있기 때문일 것이다.

지금으로서는 그것만이 놈을 잡을 수 있는 유일한 가망성이다.

아무런 장애가 없이 놈이 경공을 펼친다면 벌써 놓쳐 버렸을 것이다.

대체 홍화교 경공의 뿌리는 어떤 것인지 궁금증마저 일었다.

"쿨럭!"

앞쪽에서 미미한 기침소리가 울렸다.

극한의 경공을 펼치느라 내력을 끌어올리며 내상이 도진 것이다.

파앗—

유한성은 더욱 세차게 땅을 박찼다.

놈의 내상이 도졌으니 잡을 가능성이 좀 더 높아졌다.

이 복도를 빠져나가기 전에 잡는다면 죽일 가능성도 더 높다.

"쿨럭!"

사내의 기침소리가 조금 더 가까워졌다.

추적 후 내내 조금씩 멀어지던 거리가 처음으로 좁혀진 것이다.

"쿨럭! 쿨럭!"

사내의 기침소리가 조금 더 잦아졌다. 그와 함께 거리도 더 좁혀졌다. 이젠 사내의 기척이 들릴 정도였다.

"무공보다 도망치는 데 더 소질이 있군. 그게 네놈의 실체인가?"

유한성이 사내의 감정을 격동시켰다.

"후후! 함정을 파기 위한 속임수인지도 모르지."

사내도 대꾸하며 경공을 펼쳤다.

이젠 조금만 더 추적하면 앞을 막고 대적이 가능할 것 같았다.

그 순간!

콰앙! 하는 폭음과 함께 거대한 화염이 밀려왔다.

품에 넣어 다니는 화탄으로서는 일으킬 수 없는 정도의 폭발력과 화염이었다.

아마 미리 설치해 놓은 폭약을 터뜨린 것 같았다.

통로가 무너질 정도는 아니었지만 밀폐된 공간이기에 화염들은 흩어지지 않고 고스란히 복도 앞뒤로 밀려왔다.

화염은 주인과 손님을 가리지 않고 양쪽으로 퍼져 나갔지만 사내가 달려가는 방향은 화염과 멀어지는 쪽이었고 유한성은 화염을 향해 달려가는 쪽이었다.

그것이 문제였다.

"쉬었다 천천히 오게."

밀려오는 화염과 함께 사내의 비웃음 소리도 같이 밀려왔다.

그러나 사내의 바람과는 달리 유한성은 조금도 속도를 늦추지 않고 화염 속으로 뛰어들었다.

촤아악!

유한성의 적룡검이 새하얀 검기를 토했다.

검기에 밀린 화염이 조금 흔들리는 사이 유한성은 그 속으로 포탄처럼 몸을 날렸다.

상황을 알아차린 사내의 얼굴이 찌그러졌다.

"쿨럭!"

사내가 다시 기침을 했다.

폭발과 함께 조금 숨을 돌리며 내부를 다스릴 수 있을 줄 알았는데 무모할 정도로 달려드는 유한성의 추격에 오히려 더 진탕된 것이다.

"마귀 같은 놈!"

사내가 신음처럼 중얼거렸다.

저번 대결에서도 마찬가지였다. 몸이 반쯤 익어가면서도 홍염기의 불길 속으로 거침없이 뛰어든 놈이었다.

지금은 그때보다 더 강한 불길이었지만 놈은 한 치의 망설임도 없이 뛰어들었다. 이젠 면역이 생긴 모양으로 기척이 가까워졌지만 살이 타는 냄새도 나지 않았다.

그때의 공포가 되살아났다.

반송장의 몸으로도 자루밖에 남지 않은 검을 던져 가슴에 내상을 입힌 놈이었다.

"쿨럭!"

심기가 흔들리며 내부는 더 진탕되었다.

츄아악—

화염 속에서 유한성의 모습이 드러났다.

머리카락과 의복은 그때처럼 모조리 그슬려 있었다. 그러나 두 눈은 그때와 마찬가지로 지독한 독기를 품은 채 맹수의 그것처럼 일렁거렸다.

다른 점이 있다면 역겹게 느껴지던 살 타는 냄새는 풍겨오지 않았다. 역시 면역이 된 모양이었다.

파앗—

사내는 가일층 강하게 땅을 박찼다.

이제 조금만 가면 동굴이 끝난다. 그곳에서 활로를 찾아야 할 것이다.

"헛!"

갑자기 사내가 비명을 터뜨렸다.

대기가 비명을 지르며 거대한 충격파가 몰려왔다.

유한성이 비검술을 펼친 것이다.

사내는 급격히 상체를 굽히며 풍차처럼 회전하며 날아오

는 적룡검을 피했다.

그 순간 적룡검이 궤적을 바꾸었다.

좁은 통로에서 사내가 취할 수 있는 동작은 제한적이다. 유한성은 그것을 계산하고 적룡검을 날린 것이다.

파앗―

필사적으로 몸을 틀었지만 등 한쪽에서 화끈한 통증이 일며 피가 튀었다.

"크윽!"

사내는 억눌린 비명을 지르며 숙였던 상체를 일으킨 후 발끝에 마지막 내력을 쏟아부었다.

"정말 질기군. 후후!"

까마득한 높이의 벼랑 끝에서 등을 돌리고 선 사내가 나직하게 웃었다.

지하통로의 끝은 산 중턱 벼랑이었다. 그리고 그 옆으로 작은 오솔길이 나 있었지만 더 이상은 그곳으로 치달려 갈 여력이 없었다.

백화루의 마당에서 입은 상체의 상처와 등에 새로이 생긴 상처에서 흐른 피가 한계를 넘어 이젠 서 있는 것도 힘들 정도로 어지러웠다.

"하지만 여전히 내가 이겼어."

사내가 미소를 지으며 말했다.

"아직도 허세가 남아 있었나?"

유한성이 어이없다는 표정과 함께 말했다.

"네놈이 직접 날 죽이지 못하는 한 내 승리지."

사내가 한 발 더 벼랑 끝으로 물러서며 말했다.

유한성이 눈살을 찌푸렸다.

놈은 자신의 검을 피해 벼랑 아래로 뛰어내릴 생각인 것이다.

놈이 죽는 것은 마찬가지겠지만 자신의 손으로 직접 죽일 수 없다면 통한이 남을 것이다.

하지만 그에 앞서 놈을 사로잡아야 할 절실한 이유가 있었다.

놈은 그것을 아는지 모르는지 다시 한 걸음 뒤로 물러섰다.

이젠 더 이상 물러설 곳도 없다.

그 자세 그대로 뒤로 넘어지면 벼랑 아래로 추락하는 것이다.

"정말 대단한 놈이야. 그건 인정하지. 하지만 네놈 손에 죽는 것은 절대로 용납할 수 없다."

사내가 차가운 미소를 입가에 피워 올렸다.

"지옥에서 기다리겠다."

사내가 천천히 뒤로 넘어갔다.

유한성이 급히 달려갔지만 사내의 신형은 어느새 반듯하게 누운 채 허공에 떠 있었다. 그렇게 사내는 급격히 벼랑 아래로 추락하는 것이다.

찰나가 영원처럼 느껴지는 그 순간! 유한성과 사내의 시선이 허공에서 얽혔다.

사내의 시선에 득의의 감정 한 자락이 어려 있었다.

그것을 확인한 유한성은 거침없이 절벽 끝을 박차고 벼랑 아래로 뛰어내렸다.

반듯하게 누운 채 급격히 아래로 추락하는 사내의 얼굴이 밀랍처럼 굳어졌다.

"유 공자!"

뒤늦게 절벽 끝으로 도달한 남궁성진이 고함을 질렀지만 유한성의 모습은 홍화교 사내와 함께 벼랑 아래로 사라져 버렸다.

좌좌좌좌좌좌악!

등을 때리는 칡넝쿨이 절정고수가 휘두르는 철곤처럼 강력하게 느껴졌다.

얼굴에도 칡넝쿨 이파리가 세차게 스치며 수십 개의 생채기를 만들었다.

하지만 아랑곳 않은 유한성은 부여잡은 홍화교 사내의 뒷덜미를 놓치지 않았다.

절벽 중간 부분 아래부터는 안쪽으로 움푹 들어갔고 그곳에는 어린애 팔뚝만큼 굵은 칡넝쿨이 무수히 늘어져 있었다.

그리고 그 칡넝쿨들은 계곡을 타고 오르는 바람에 날려 그 네처럼 안팎으로 요동쳤다.

칡넝쿨이 밖으로 날려 오는 순간 유한성은 한 팔을 뻗어 홍화교 사내의 뒷덜미를 칡넝쿨 안으로 당겼고 다른 팔로는 칡넝쿨 하나를 당겼다.

자연 두 사람의 신형은 칡넝쿨더미 안으로 빨려들며 온몸이 수없이 칡넝쿨이 부딪치며 추락하고 있었다.

그 충격이 지독했지만 그만큼 추락의 속도는 늦춰졌다.

유한성은 속으로 차갑게 웃었다.

놈은 이것을 계산하고 절벽을 뛰어내린 것이다.

마지막 시선이 얽혔을 때 놈의 망막에 떠오른 득의의 빛은 바로 이것이었다.

놈은 자살을 하는 듯 뛰어내려 이곳에 있는 칡넝쿨을 잡고 도주할 생각이었던 것이다.

지겹도록 치밀하고 살이 떨리도록 교활한 놈이었다.

파파파파팍!

등이 부러질 듯 아팠지만 속도는 아까보다 훨씬 더 줄어들었다.

이대로 떨어진다 해도 바닥이 칼날 같은 바위만 아니라면 생명에는 지장이 없을 것 같았다.

예상대로 바닥은 물이었다.

첨벙!

첨벙!

두 사람은 거의 동시에 냇물 속에 떨어졌다.

물속에서 유한성은 홍화교 사내의 옷을 잡아채 바위 위로 던져 올렸다.

사내가 생선처럼 물에서 튀어 올라 바위 위에 떨어졌다.

사내를 던져 올리며 재차 냇물 바닥으로 가라앉은 유한성은 그 바닥을 박차며 솟구쳐 올랐다.

유한성은 사내가 시체처럼 널브러져 있는 바위 위에 내려섰다.

촤아악!

유한성을 따라 오른 물줄기 한 자락이 바위 위로 떨어져 내리며 사내의 얼굴을 덮쳤다.

추락하는 중간에서 잠시 정신을 잃었던 사내가 물세례를 받고 눈을 떴다.

사내의 눈에 저승사자를 보는 듯한 공포의 기운이 어렸다.

절벽에서 떨어지는 순간 자신이 이겼다는 생각이 들었다.

마지막 순간 그 생각이 눈빛으로 드러나고 그것이 화근이 되고 말았다.

비록 큰 상처는 입겠지만 절벽 중간에 마지막 활로가 마련되어 있었다.

그곳을 향해 몸을 날렸는데 놈 역시 거침없이 같이 몸을 날렸다.

대체 저런 독기는 어디에서 나오는 것일까?

보통사람은 미리 알고 있었다고 해도 그 짧은 순간 주저없이 천길 벼랑 아래로 몸을 날릴 수는 없을 것이다.

홍화교 사내는 온몸의 기운이 다 빠져나가는 느낌과 함께 눈을 감았다.

"여우보다 교활한 놈이군."

유한성이 사내의 맥문에 진기 한줄기를 불어넣으며 말했다.

눈꺼풀 움직일 힘도 없이 탈진한 사내가 다시 눈을 떴다.

"그렇게 직접 죽이고 싶다면 깨끗하게 죽여라. 그 정도 협기는 있겠지?"

사내가 힘겹게 말했다.

"그럴 생각이었다면 절벽 끝에 서 있을 때 검을 날렸겠지. 아니면 떨어져 내리는 순간도 가능했고."

유한성이 차갑게 답했다.

유한성의 말에 사내의 눈이 어지럽게 흔들렸다.

도저히 예측이 불가능한 말이었다.

"무슨 목적이 또 남았단 말인가?"

잠시 후 사내가 물었다.

"내 아버지를 죽인 자가 누구지?"

유한성이 지옥 유부에서 흘러나오는 바람 소리처럼 스산한 음성으로 물었다.

사내의 눈동자에 여러 가지 생각이 한꺼번에 스쳐갔다.

그 생각 중에는 한 가닥 생기도 포함되어 있었다.

"그걸 알려주면 날 살려주겠나?"

사내가 물었다.

유한성은 한참 동안 사내를 내려다보았다.

"진실을 알려준다면 살려… 주지."

잠시 후 유한성이 답했다.

사내의 눈이 조금 더 빛을 발했다. 그러나 그 빛은 순식간에 사라졌다.

"저번에 만났을 때 알 수 없다고 답했을 텐데."

사내가 속마음과는 전혀 다른 대답을 했다.

너무 쉽게 응하면 상대는 오히려 흥미를 잃거나 의심을 한다.

이쪽에서는 별 관심이 없는 듯하다가 응하는 것이 상대에게 더 신뢰를 줄 것이다.

"역시 단번에 덥석 물 놈이 아니라 예상했지. 그렇게 반발하면 거짓말을 해도 내가 신뢰해 줄 것 같다는 생각이 들었나?"

사내의 속마음을 읽은 유한성이 차갑게 말했다.

유한성의 말에 사내의 표정이 잠시 굳어졌다가 풀렸다.

자신의 내심을 유한성이 읽고 있다는 생각에 사내는 가슴이 철렁하는 기분을 느낀 것이다.

"역시 영리해. 산동성에 있던 영화루(英華樓)의 삼화가 어떤 여인인지 궁금해 마지않는 바이야."

쓴웃음을 지은 사내가 미끼 하나를 더 던졌다.

"영화루……. 역시 조사해 보았군. 네놈은 충분히 그럴 놈이라는 것을 알았지."

유한성이 고개를 끄덕였다.

사내는 속으로 혀를 내둘렀다.

짧은 만남이었지만 놈은 자신의 성격까지 파악하고 있었다. 그렇다면 웬만한 거짓은 통하지 않을 것이다.

진실 구 할에 거짓 일 할을 섞으면 탄로가 안 난다고 했지만 놈에게는 그것마저도 안 통할 것 같았다. 진실 구할 구 푼에 거짓은 일 푼만 섞어야 할 것 같았다.

"자네 어머니는 그곳의 조직원이었지. 그곳에서 자네 아버지를 만났고… 이렇게 대단한 아들도 낳았군."

사내가 숨을 한 번 고른 후 말을 이었다.

"서류가 오래되어서 찾기 힘들었지만 결국 찾아냈지. 자네 아버지가 죽던 날 그곳에 상주했던 각주는 두 명이었네. 자네 아버지를 죽인 사람은 그 둘 중 한 명이고."

사내가 차분하게 말했다.

"누구지?"

유한성이 물었다.

"그전에 맹세해 줘야겠네. 가르쳐 주면 살려주겠다고."

사내의 목소리가 약간 강경해졌다.

"약속했을 텐데."

"그것만으론 부족하지. 자네 아버지와 어머니의 영혼을 걸고 맹세하게."

사내가 강렬한 눈빛과 함께 유한성을 쳐다보았다.

생의 밧줄 하나를 잡은 사내의 의식은 급격히 깨어나고 있었다.

유한성은 한동안 침묵을 지켰다.

부모의 영혼을 거는 것은 지금 이 순간 자신의 목숨을 거는 것보다 더 무거운 것이다.

사내는 그것을 익히 알고 그런 맹세를 강요한 것이다.

"맹세… 하지."

한참 후 유한성이 고개를 끄덕였다.

사내의 얼굴에 득의의 미소가 번졌다.

"두 각주 중 한 명은 이후 전투에서 죽었는데 다행스럽게도 그는 자네 부친을 죽인 사람이 아닐세. 자네 부친을 죽인 사람은 가종립(加鐘立)이라는 각주로 지금은 사부님의 호법이네."

사내가 마침내 유한성이 원하는 답을 했다.

유한성은 감정을 주체할 수 없는지 한동안 아무 말도 하지 않고 뚫어져라 사내의 눈만 쳐다보고 있었다.

"거짓말이군!"

한참 후에 유한성이 불쑥 말했다.

홍화교 사내의 눈이 부릅떠졌다.

"이 상황에서 내가 거짓말하게 생겼나?"

사내가 고함을 쳤다. 그러나 유한성의 표정을 조금도 바뀌지 않았다.

"내가 아는 어떤 여인이 있지. 사람의 마음을 읽는 특이한 능력을 가졌는데… 그 능력이 아니라도 사람의 마음을 잘 읽더군. 뛰어난 두뇌와 섬세한 관찰력에 의해서지."

유한성이 한 번 더 사내의 눈을 쳐다보고는 말을 이었다.

"그 여인에게 몇 가지 배웠지."

유한성이 입을 다물고는 사내를 쳐다보았다.

사내의 눈이 마침내 흔들렸다.

"네놈은 처음부터 끝까지 거짓말을 했다."

유한성이 차갑게 말했다.

사내의 얼굴이 다급함이 어렸다.

"그래! 자네 부친을 죽인 사람은 가종립이 아니라 소막경(蘇幕境)이라는 또 다른 각주였지. 아쉽게도 그는 죽어버렸네. 그가 살아 있다고 해야 내 정보가 좀 더 가치 있을 것 같아 그런 것뿐이네. 그러니 내가 약속을 어긴 것은 아닐세."

사내가 자신의 거짓을 처음으로 인정했다.

"이젠 그것 역시 믿을 수 없군. 하지만 상관없어. 그놈 대신 네놈 사부에게 혈채를 받을 생각이니까."

유한성이 천천히 몸을 일으켰다.

“이번에는 거짓이 아닐세. 그러니 맹세를 지키게.”

사내가 얼른 말했다.

“내 맹세는 네놈이 진실을 말할 때에 한해서였다. 하지만 네놈은 끝까지 날 기만했다.”

유한성이 냉정하게 말했다.

“그, 그럼 날 죽일 셈인가?”

사내가 조금 더 급한 음성으로 말했다.

처음 죽음을 각오했을 때는 담담할 수 있었지만 생의 빛줄기 한 가닥을 잡았다가 놓아야 하는 상황이 되자 생에 대한 애착이 밀물처럼 강하게 밀려왔다.

“살려줄 이유라도 있나?”

유한성이 반문했다.

“그걸 못 믿겠다면 다른 정보를 주지.”

사내가 제안했다.

“난 다른 것은 관심 없어. 이젠 항마백룡대주직도 내려놓을 생각이고……. 기다리고 있으면 네놈 사부가 중원으로 오겠지. 그때 혈채를 받을 테다. 아울러 내 사부님의 피맺힌 원한도 같이 갚을 생각이다.”

유한성이 고개를 저으며 답했다.

“그땐 많은 사람이 죽을 걸세.”

사내가 오히려 중원 사람들의 안위를 걱정했다.

"백 년 후면 가만두어도 죽지."

유한성의 음성이 더욱 싸늘해졌다.

놈은 질릴 정도로 교활한 인간이었다. 그 짧은 순간 적응이 됐는지 이젠 눈빛을 통해 거짓과 진실을 알아내는 것도 불가능했다. 어느 순간부터 놈의 눈동자와 눈빛은 철저히 무심해졌다.

몇 마디 더 나누어보고 거짓말이 통한다는 것을 자신하게 되면 놈은 절대로 진실을 말하지 않을 것이다. 오히려 현란한 거짓말로 치명적인 함정을 팔 것이다.

또한 어떤 술수를 부렸는지 처음에 비해 적개심마저 급격히 흐려진 느낌이었다.

아마도 사술의 일종이리라.

"그럼 나도 그때 죽겠네."

사내가 유한성을 눈을 똑바로 쳐다보았다.

그의 눈에서 은은한 혈광이 감돌았다.

처음부터 그런 것은 아니었지만 점차 변해가며 지금은 제법 붉은 색감이 돌고 있었다.

"좋아! 그렇게 하게."

잠시 더 사내를 쳐다보던 유한성이 마침내 고개를 끄덕였다.

"고맙네."

사내가 긴 한숨을 내쉬며 말했다. 동시에 눈에 어렸던 혈광도 사라졌다.

"천만에!"

파파파팟!

갑자기 네 줄기 검광이 사내의 신형 주변에서 작렬했다.

그리고 정적이 감돌았다.

"크아악!"

깜짝 놀라 두 눈을 부릅뜬 사내가 잠시 후 자신에게 벌어진 일을 자각하고는 처절한 비명을 터뜨렸다.

사내의 두 팔과 두 다리가 적룡검에서 뻗어 나온 검기에 의해 깨끗하게 잘려 있었다. 그러나 검기에서 흘러나온 강한 기운에 타버렸는지 상처에서는 피 한 방울 흘러나오지 않았다.

"백 년을 가득 채우며 열심히 살아보게."

한 번 더 검을 휘둘러 사내의 단전마저 파괴해 버린 유한성은 잘려진 사내의 사지를 걷어차 물고기 밥으로 냇물 속에 처박은 후 천천히 계곡을 걸어 내려갔다.

"이 악마 같은 자식! 아아아악!"

홍화교 사내의 처절한 비명 소리가 계곡을 가득 채웠다.

"크으으—"

유한성이 떠나고 난 후 한참 동안 비명을 토하던 사내가 이를 갈았다.

사지가 잘리고 단전마저 파괴된 이런 상태라면 차라리 죽는 것이 나았다. 놈은 죽음보다 백 배는 더한 처참한 삶을 남겨놓고 떠났다.

"아아악—"

다시 처절한 비명을 지른 사내는 필사적으로 몸을 뒤척이려 했다.

그렇게 몸을 굴려 냇물에 빠지면 죽을 수 있었다. 그러나 사지가 모두 잘린 상태에서 몸을 구르는 것도 불가능했다.

사내는 마침내 모든 것을 포기하고 눈을 감았다.

이제 자신이 할 수 있는 일은 오직 죽음만을 기다릴 뿐이었다.

그러나 그 죽음마저도 지독히 고통스럽게 찾아올 것이다.

이대로 지독한 고통을 견디며 서서히 죽어갈 수밖에 없었다.

유한성은 사내에게 죽음보다 몇 배 더 처절한 삶을 남겨놓고 떠난 것이다.

"크으으—"

다시 한 번 처절한 신음을 토하던 사내의 눈이 번쩍 빛났다.

계곡 위쪽에서 발자국 소리가 들렸기 때문이다.

유한성은 아래쪽으로 내려갔으니 다른 사람이 분명했다.

그 순간 사내는 아직 자신에게 남아 있는 것이 많다는 것을 깨달았다.

사지와 내공은 사라졌지만 머리가 살아 있고 그 머릿속에 온갖 지식이 들어 있었다.

홍화교의 무공 구절을 비롯한 사파의 기이한 술법들!

만약 저 발소리의 주인이 필부나 개울에 가재라도 잡으러 나온 아이라면 충분히 그것을 이용할 수 있을 것이다.

발소리가 가까워졌다. 그리고 자신 옆에서 멈추었다.

사내는 눈을 치뜨며 발소리의 주인을 쳐다보았다.

어느 순간 사내의 눈이 절망감으로 물이 들었다.

발소리의 주인은 필부도, 어린아이도 아니었다.

백화루에서 포위망에 가두어놓고 싸우던 놈들 중 한 놈이었다.

"살아 있어 주어서 정말 고맙다."

발소리의 주인, 남궁성진이 차갑게 웃으며 말했다.

유한성이 거침없이 벼랑 아래로 몸을 날린 후 그는 비교적 경사가 덜 급한 곳으로 이동해 내려온 것이다.

"그렇게 고마우면 등이나 좀 긁어주게."

사내가 모든 것을 체념한 목소리로 말했다.

그렇게 체념하니 편히 죽을 수는 있겠다는 사실에 오히려 안도감마저 들었다.

"목이 몸에서 분리되면 등이 가려운 것도 못 느낄 걸세. 난 네놈 목이 꼭 필요하니까."

남궁성진이 천천히 검을 뽑아 들었다.

"고맙네."

사내가 편안한 미소를 지었다.

＊　　　＊　　　＊

대접전을 벌인 후 항마백룡대 대원들은 백화루 건물을 이 잡듯이 뒤졌지만 놈들이 어디로 옮겼는지 단서가 될 만한 것은 한 점도 찾아내지 못했다.

그만큼 놈들은 철두철미했다.

그런 와중에서도 건물 곳곳에 화탄이 설치되어 있어 대원들의 모골을 송연하게 만들었다.

다행히 그런 방면에는 전문가인 단목철문이 먼저 감지하고 손을 써서 대 폭발과 함께 비명횡사하는 횡액은 면했다.

만약 그렇지 않고 마구잡이로 뒤졌다면 건물은 차례로 폭발하며 큰 피해를 입었을 것이다.

폭발물을 모두 걷어낸 후 계속 수색을 하던 항마백룡대는 백화루 건물 곳곳에 있는 미주를 발견하고는 희색이 만면했다.

낙양 최고의 주루다 보니 창고에는 은자 몇 냥을 주어야 맛볼 수 있는 술들도 가득 들어 있었다.

하지만 그것 역시 그림의 떡이었다.

놈들은 술에 독을 타놓았다. 아무런 냄새도 나지 않았지만 술독 속에는 맹독이 녹아 있었다.

항마백룡대는 온갖 욕설을 다 토하며 피를 쏟는 기분으로 술 항아리들을 쏟아부었다.

그 와중에 대주 유한성이 돌아오자 항마백룡대는 술독을 깨부수며 모두 달려나왔다.

"어떻게 된 것이오, 대주? 놈은 죽였소?"

삼조장 탁모격이 득달같이 달려와 물었다.

사조장 포천영과 오조장 장하란도 눈을 반짝이며 유한성을 쳐다보았다.

"처치했소."

유한성이 고개를 끄덕였다.

죽이지는 않았지만 죽음보다 더 처절한 상태로 만들어놓고 왔다.

"와아!"

대원들이 고함을 질렀다.

"우리 대주 최고다!"

장하란도 유한성을 안을 듯이 달려들었다.

"요망한 것 같으니라고!"

탁모격이 눈살을 찌푸리며 장하란을 밀쳐냈다.

"놈의 목을 친 것이오?"

모용표가 다가와 물었다. 그는 그것까지 확인하고 싶은 것이다.

“목은 여기 있소.”

뒤쪽에서 남궁성진의 목소리가 들리며 뭔가 날아왔다.

쿵!

바닥에 떨어진 것은 홍화교 사내의 목이었다.

유한성은 눈 사이를 좁히며 남궁성진을 쳐다보았다. 따라
오는 것은 알았지만 계곡 아래까지 쫓아왔을 줄은 몰랐다.

유한성의 눈이 조금 차가워졌다.

놈은 이렇게 쉽게 죽이기엔 너무 악독한 인간이었다.

“유 공자의 뜻은 알겠지만 나는 기다릴 수가 없었소.”

남궁성진이 말했다.

“무슨 말이오?”

모용표가 물었다.

“유 공자는 놈에게 죽음보다 더한 고통을 주고자 놈의 단
전을 파괴하고 사지마저 자른 채 살려놓았지만 나는 놈의 수
급이 필요했소.”

남궁성진의 설명에 모두 간담이 서늘한 심정으로 유한성
을 쳐다보았다.

놈은 그렇게 하더라도 성이 차지 않을 정도로 교활한 놈이
었지만 끝까지 쫓아가 사지를 자른 채 오히려 살려놓은 유한
성의 손속은 마인보다 더 잔혹했다.

“독하군요, 어린 대주.”

장하란이 고개를 절레절레 흔들었다.

"놈은 그래도 싸다."

탁모격이 고함을 쳤다.

"그런데 놈의 수급은 어디에 쓸 생각이오?"

단목철문이 인상을 쓰며 남궁성진에게 물었다.

"차차 알게 될 것이오. 나는 지금 곧 무림맹 총단으로 돌아
가겠소. 나중에 봅시다."

남궁성진은 던져놓았던 홍화교 사내의 수급을 챙겨들고는
급히 건물 안으로 들어갔다. 건물 안에서 급히 옷을 갈아입은
남궁성진은 홍화교 사내의 수급을 상자에 넣고는 말을 타고
바람처럼 백화루 정문을 달려나갔다.

"뭐야, 저 인간?"

모용표가 남궁성진이 사라진 정문을 바라보며 의구심 가
득한 표정을 지었다.

"무슨 보물이라도 되는 건가?"

단목철문도 고개를 갸웃거렸다.

"무언가 있겠지. 어쨌든 놈을 잡고 싸움에서 이겼으니 오
늘은 마음껏 취해… 젠장 술이 없군."

모용표가 얼굴을 찌푸리자 항마백룡대 대원들도 같이 우
거지상이 되었다.

천군만마
第百十二章

화려한 실내에 두 사람이 앉아 있었다.

한 사람은 날렵한 경장차림의 청년이었고 다른 사람은 관복을 입은 중년인이었다.

중년인은 부리부리한 눈에 붉은 얼굴을 하고 있어 한눈에 보아도 강한 인상을 주었다.

"늙은 쥐를 둘러싼 세력들에 대해서는 얼마나 파악이 된 것인가?"

관복을 입은 중년인이 낮은 목소리로 물었다.

강한 인상과 어울리지 않는 그의 목소리로 보아 지금 나누는 대화가 극히 은밀하다는 것을 짐작할 수 있었다.

"겨우 한 가닥 줄을 잡아 다가가고 있지만 아직 근거리까지 접근은 하지 못했습니다. 극도로 경계가 심하고 몇 겹으로 보호막이 처져 있습니다."

청년이 약간은 분기가 이는 음성으로 답했다.

그동안의 노력에 비해 성과가 적은 것이 분한 모양이었다.

"그것만으로도 괄목할 만한 성과이네. 자네가 아니었으면 불가능한 일이지. 요즘 그 늙은 쥐는 황제폐하도 만나기 힘들다네. 바깥출입은 일절 하지 않고 무언가에 심취하고 있는 모양일세."

관복을 입은 중년인이 고개를 절레절레 흔들었다.

그는 황실의 종친인 육 왕야로 불리는 사람이었다. 또한 그는 현재 새로 조직된 오룡회의 수장이기도 했다.

육 왕야와 대화를 나누고 있는 청년은 물론 상관중호라는 위장 신분으로 동창에 잠입한 제갈신우였다.

"단심맹의 인원에 대한 파악은 어떻게 되었나?"

육 왕야가 더욱 조심스런 음성으로 물었다.

무림맹주 선운진인의 지시로 은밀하게 오룡회를 재건하는 동안 그 낌새를 안 요공공과 그 일당은 그들대로 단심맹을 다시 만들었다. 그리하여 오룡회의 척결에 온 힘을 기울이고 있었다.

만약 이번에도 단심맹에 의해 오룡회가 분쇄된다면 세상은 예전보다 훨씬 더 혼란스러워질 것이다.

"반 정도는 파악을 했습니다. 그러나 놈들 역시 워낙 은밀하게 움직이는지라 힘이 듭니다. 개중에는 이중첩자도 있을 수 있고……."

제갈신우도 목소리를 한껏 낮추며 답했다.

"나도 최대한 힘써 볼 테니 동창에 스며든 놈들을 가장 먼저 파악하게. 그래야 자네의 활동이 더 자유로워질 것일세."

육 왕야가 제갈신우의 신변을 걱정하며 말했다.

"최대한 은밀하게 행동하고 있으니 제 걱정은 마십시오. 그보다 황제의 전횡을 막도록 최대한 힘써 주십시오."

제갈신우가 대꾸했다.

"황제는… 이제 고삐 풀린 망아지가 되어 요공공 그 늙은 쥐 외에 다른 사람 말은 들을 생각도 않는다네. 세상이 어쩌다 이 지경이 되었는지……."

육 왕야의 눈에서 불길이 일었다.

"늙은 쥐를 잡는 것이 최선입니다. 좀 더 박차를 가할 테니 왕야께서는 진행하던 일을 무리없이 마쳐주십시오."

제갈신우가 차분하게 말했다.

"알겠네. 몸조심하게."

"보중하십시오."

두 사람의 밀담은 끝이 났고 비밀통로를 통해 은밀하게 사라졌다.

육 왕야를 만나고 집무실로 돌아온 제갈신우는 급하게 서류를 정리했다.

요즘 들어 서류의 양은 더욱 많아졌다. 그것은 그만큼 황실 내부의 암투가 심해졌다는 말이다.

기운으로 보아서는 조만간 황실을 축으로 해서 무언가 일이 터질 것 같은데 그 일은 요공공이 주도하고 있다.

아마도 흑도와 손을 잡은 요공공이 정파무림맹을 무너뜨리기 위해 술수를 부리는 것이 아닌가 의심이 가지만 확실한 것은 알 수 없다. 그것을 알려면 최근 포섭한 요공공의 시녀를 통해 그곳으로 잠입해야 가능할 것이다.

최근 급성장한 흑도와 정파무림의 충돌이 일어나면 연쇄적으로 다른 충돌도 일어날 가망성이 높다. 무림맹에서 총력을 다해 막고 있지만 흑도는 워낙 여러 갈래로 산재해 있고 그들 중 한 곳이 예측불가하게 움직일 수도 있다.

그런 사태를 미연에 막기 위해서 최대한 빨리 요공공에게 접근해서 그를 제거해야 한다.

그런데 단심맹이 재결성되며 그것이 더 힘들어지고 있다.

"휴우—"

제갈신우가 긴 한숨을 내쉬었다.

"무슨 일이 있으신가요, 공자님?"

찻잔을 정리하던 시녀 정정이 근심스런 표정으로 물었다.

그녀는 그동안 제갈신우의 간청으로 요공공 처소에 있는

시녀와 힘들게 만남을 주선하는 데 성공했다. 그러는 동안 그녀는 제갈신우를 가슴 깊이 흠모하여 제갈신우가 조금만 근심스런 표정을 지어도 자신의 근심인 양 안절부절못했다.

"아니다. 봄이 되니 만사가 노곤한 것이 춘곤증을 타는 모양이다."

제갈신우가 하품을 하며 길게 기지개를 켰다.

"휴— 그럼 다행이에요. 춘곤증에는 쑥차가 좋다고 하니 제가 구해서 타드릴게요."

정정이 눈을 반짝이며 말했다.

"고맙구나. 네 덕분에 내가 이 자리를 유지하고 있다."

제갈신우가 치하를 하자 정정이 얼굴을 발갛게 물들이며 미소를 지었다.

"참! 내 정신 좀 봐. 나하고 같이 일하던 화영이 다른 곳으로 옮기고 오늘부터 수앵이라는 시녀가 같이 일하게 됐어요."

정정이 깜박 잊고 있었던 일을 서둘러 말했다.

"화영이 다른 곳으로 옮기고 새 시녀가 온다고?"

제갈신우가 긴장한 표정으로 정정을 쳐다보았다.

이런 긴장된 시국에 누군가 자리 이동이 있다는 것은 신경을 곤두서게 하는 일이다. 비록 시녀라 하지만 오히려 그녀들이 더 무서운 감시자일 수도 있었다. 자신 역시 시녀를 통해 가장 중요한 일을 꾀하고 있지 않은가.

"왜 갑자기 바뀐 것이지?"

제갈신우가 물었다.

"화영은 바느질 솜씨가 뛰어나 태화궁으로 차출되었어요."

정정이 대수롭지 않게 답했다. 하지만 제갈신우는 긴장을 늦출 수 없었다. 그런 이유쯤은 얼마든지 조작할 수 있는 것이다.

"그럼 화영 대신 오는 수앵은 어떤 아이냐?"

제갈신우가 지나가는 말처럼 물었다.

"아마도 배경이 있는 모양이에요."

정정이 고개를 갸웃거리며 말했다.

"왜 그런 생각을 했지?"

제갈신우가 물었다.

"좀 못생겼어요. 그런데도 이곳까지 온 것을 보면 누가 뒤에서 밀어준 모양이에요. 호호!"

정정이 편안한 표정으로 웃었다.

새로 온 시녀가 자신보다 예쁘다면 제갈신우의 관심이 그녀에게 더 옮겨갈 수 있어 신경이 곤두설 일인데 못생겼으니 한없이 다행스러운 것이다.

"마침 오네요."

정정이 고갯짓을 했다.

그녀가 가리킨 쪽에서 빨래한 옷가지를 든 여인이 걸어오고 있었다.

정정이 말한 대로 얼굴에 주근깨가 많은 못생긴 여인이었다. 그러나 그녀를 본 제갈신우의 표정은 백짓장처럼 하얗게 질렸다.

"인사드립니다. 소녀 수앵이라 합니다."

못생긴 시녀 수앵이 제갈신우를 향해 깊이 허리를 숙였다.

"왜 그러세요, 공자님? 저 아이가 뭘 잘못했나요?"

얼어붙은 제갈신우를 보며 정정이 고개를 갸웃거렸다.

"아, 아니다. 잠시 딴생각을 했다."

제갈신우가 고개를 흔들었다. 그리고는 정정을 향해 갑자기 생각난 듯 심부름을 시켰다.

"알겠습니다, 공자님!"

수앵에 대한 제갈신우의 반응이 좀 의외였지만 못생긴 그녀의 얼굴을 보고는 불끈 자신감이 솟구친 정정이 고개를 숙이고 밖으로 나갔다.

"대체 이게 어찌 된 일이냐?"

둘만 있게 되자 제갈신우가 다시 얼이 빠진 표정이 되어 수앵에게 질문을 던졌다.

아무리 전혀 다른 얼굴로 변장을 했다고는 하나 그 눈빛과, 얼굴 윤곽 등… 못 알아볼 리 없었다.

못생긴 시녀 수앵은 천만뜻밖에도 동생 제갈단영이었다.

무림맹에서 큰 고초를 치르고 집으로 돌아갔다고 알고 있던 제갈단영이 시녀로 변장해 자신 앞에 나타난 상황은 아무리 제갈신우라고 해도 도저히 이해불능이었다.

"오라버니를 도우러 왔어요."

잠시 주변을 살핀 제갈단영이 생긋 웃으며 말했다.

못생긴 여자로 변신한 그녀는 미소마저도 못생겨 보였다.

제갈신우는 더욱 기가 막힌 심정이 되었다.

"네가 어떻게… 어떻게 날 돕는다는 말이냐? 그게 말이나 되는 소리냐? 어떻게 이런 무모한……."

제갈신우는 기가 막힌 심정에 말까지 더듬었다.

잠시 집 밖에만 나가도 심한 마음의 상처를 받고 기진맥진해서 들어오는 동생이었다. 그래서 언제나 집 안에서, 그것도 자신의 거처에서 나오지 않고 지냈다.

그런 동생이 어쩐 일인지 무림맹에는 악착같이 따라가고자 했다.

지금 생각하니 그건 의숙으로 지냈던 외당당주 백리찬의 속마음을 간파하고 그로부터 아버지를 구하기 위한 불가피한 것이었다.

그건 이해할 수 있었다.

그 때문에 초죽음이 되었겠지만 아버지를 구하는 일이니 어쩔 수 없었다.

그러나 이곳은?

무림맹과는 비교조차 안 되는 이무기들이 득실거리는 곳

이다.

웃음 속에 칼이 숨어 있었고, 단 한시도 끊이지 않고 온 사방에서 권모술수와 암투가 벌어지는 곳이다.

그런 곳에 동생 단영이 자진해서 뛰어들다니?

무림맹 사건 때문에 머리가 어떻게 된 것이 아닌지 의심이 들었다.

"집에서 널 이리로 보내준 것이냐?"

제갈신우가 제갈단영의 눈을 똑바로 쳐다보며 물었다.

"오라버니 같으면 보내주었겠어요?"

제갈단영이 반문했다.

제갈신우는 더더욱 기가 막혔다.

동생의 말을 미루어보면 집에는 알리지도 않고 독단적으로 이곳까지 왔단 말이다.

무림맹의 사건으로 인해 머리가 잘못된 것이 확실했다.

"전 지금 지극히 정상이에요."

오빠의 심정을 짐작한 듯 제갈단영이 담담하게 말했다.

"정상이라면서 어떻게 이런 일을 벌일 수 있다는 말이냐?"

제갈신우가 고함을 치듯 물었다.

"밖에 들리겠어요."

제갈단영이 눈을 흘기며 주의를 주었다.

"철혈의 심장을 가진 한 사내를 통해 난 강해질 수 있었어요."

제갈단영이 말을 꺼냈다.

"그 사내는 나로서는 감히 짐작도 안 가는 일을 겪으면서도 조금도 굴하지 않고 앞으로 나아갔어요. 그 사내를 보면서 그동안 난 너무 나약하게 살았다는 생각을 했어요."

"유 공자를 말하는 것이냐?"

제갈신우가 눈 사이를 좁히며 물었다.

"그래요. 낭검대주인 유 공자를 통해 그렇게 되었어요. 하지만 처음부터 그런 건 아니고……."

제갈단영이 잠시 호흡을 고른 후 말을 이었다.

"처음에는 내 저주받은 능력으로도 내심이 읽히지 않는 강한 사람이라고만 생각했어요. 그렇게 생각하며 아버지를 구하고 집으로 돌아가는 길에 그의 사숙님을 만났어요."

"그의 사숙이라면 현천검문의 사람으로 너를 구해준 사람 말이냐?"

제갈신우의 눈이 빛을 발했다.

동창에서 정보를 분석 정리하는 사람답게 그는 여기서도 무림맹의 상황을 훤히 알고 있었다.

"그래요. 진령검이란 별호로 불리는 그분을 주루에서 다시 만나게 되었어요. 그분 역시 무림맹을 떠나 사형인 청해마검을 만나러 가는 길이었어요. 잠시 주루에서 점심을 들고 일어나려는 그분을 보고는 너무 반가워 막 매달렸죠. 그 순간 허공 같던 그분의 내면이 느껴졌고 너무 진한 아픔의 감정이 내

가슴으로 밀려들었어요. 그 아픔은 유 공자님과 관련이 있는
것 같아 반나절 동안 조르고 졸라 현천검문의 비사와 성라검
으로 불리는 사부 청해마검, 그리고 유 공자님과 그의 부모님
에 대한 얘기를 들었죠.”

다시 한 번 숨을 고른 제갈단영은 진령검에게 들은 얘기를
최대한 간략하게 정리하여 오빠 제갈신우에게 들려주었다.

요점만 정리하여 얘기했지만 너무 기막힌 사연에 제갈신
우는 한동안 입을 다물지 못했다.

홍화교로 인해 청해마검은 청해마검대로, 유한성은 유한
성대로 너무 처절한 운명의 소용돌이에 휘말렸다.

“그런 일도… 있구나.”

한참 후에 제갈신우가 멍한 표정과 함께 말했다.

아직도 두 사람에 얽힌 가혹한 운명이 받아들여지지 않는
모양이었다.

“그분의 말씀을 다 듣고 나니 저주받았다고 생각한 내 운
명 따윈 두 사람에 비하며 조족지혈이라는 것을 알았어요. 그
리고 그때부터 내 가슴속으로 밀려드는 그 어떤 더러운 느낌
이라도 단호하게 떨쳐낼 자신이 생겼어요. 유 공자님을 떠올
리면… 그런 잡스런 것들은 간단히 밀쳐낼 수 있을 것 같아
요.”

제갈단영이 단호한 음성으로 말했다.

그런 그녀의 심중을 대변하듯 눈빛 역시 딴사람을 보는 듯

강하게 뻗어 나왔다.

"잡스럽다고……?"

제갈신우가 얼떨떨한 표정으로 되뇌었다.

그런 것들 때문에 동생 단영은 쓰러질 듯 휘청거렸다. 하지만 이젠 그것들을 잡스런 것쯤으로 생각하고 있었다.

"그래요. 예전이라면 그런 감정들이 내 가슴에 달라붙으면 기진맥진하며 몇 시진을 고생했지만 이젠 잡스런 것들일 뿐이에요. 마치 길가의 개똥을 보고 잠시 인상을 쓰다가 잊어버리듯 잊어버릴 수 있어요."

제갈단영이 다시 단호하게 말했다.

"정말… 정말 그게 가능한 것이냐?"

제갈신우가 눈을 빛내며 동생 단영을 쳐다보았다.

정말 그렇게 된다면 동생은 정상인이 된 것이다. 아니, 앞으로는 보통사람들처럼 살 수 있는 것이다.

그동안 그렇게 애를 써도 힘들었던 일이 기적처럼 일어난 것이다.

잠시 희열에 들떴던 제갈신우가 다시 표정을 굳혔다.

"아무리 그래도 이곳은 너무 위험하다. 지금이라도 집으로 돌아가거라. 제발 부탁이다."

제갈신우가 재촉을 하며 말했다.

"이곳까지 들어오기 위해 얼마나 고생을 했는데 다시 나간단 말인가요. 위험하기는 오라버니도 마찬가지예요. 하지만 내가 옆에서 도우면 오라버니의 위험이 반으로 줄어들 수 있어요.”

제갈단영의 눈빛은 믿을 수 없을 정도로 견고했다.

제갈신우는 잠시 입을 다물고 제갈단영을 쳐다보았다.

동생의 말대로 그녀가 자신의 곁에 있다면 천군만마를 얻은 것보다 훨씬 더 큰 도움이 될 것이다. 속을 알 수 없는 이곳의 인간들 중 누가 이중첩자인지, 누가 정심을 지닌 충신인지만 골라내어도 일은 구 할 이상 쉬워질 것이다.

하지만 이곳은 너무 위험하다.

“같이 있으면 훨씬 덜 위험해요. 만약 오라버니가 여기서 잘못되면 난 정말 못 견디고 말라 죽든지, 살더라도 예전보다 열 배는 더 지독한 심적 고통을 안고 평생 살아갈 거예요.”

“하지만…….”

“그렇게 해요. 그게 최선이에요.”

제갈단영이 단호하게 말했다.

“그리고 아까 그 시녀, 이제부터 거리를 좀 두세요. 정신을 온통 오라버니에게 두고 있는데… 그러다간 누군가에게 이용당하고 있다는 꼬투리가 잡히며 실수하기 십상이에요. 가슴이 아프더라도 앞으로는 강하게 단속을 하세요.”

제갈단영이 당장 자신의 능력을 발휘했다.

제갈신우는 뜨끔 하는 심정과 함께 큰 안도의 심정을 같이 느꼈다. 이런 식으로 계속 동생 단영이 도와주면 칠흑처럼 깜

깜한 밤에 등불을 손에 든 것이나 마찬가지가 될 것이다.

"그래. 알았다. 그런데… 그 못생긴 얼굴은 좀 바꾸면 안 되겠느냐?"

제갈신우가 인상을 쓰며 말했다.

"오라버니에겐 그냥 못생긴 얼굴로 보이겠지만 여러 날에 걸친 연구와 실험 끝에 탄생한 얼굴이에요. 이 얼굴은 여인들에게는 한줄기 거부감이나 경쟁심도 유발시키지 않고 동정심만 유발시키는 반면, 남자들에게는 접근할 생각 자체를 미연에 차단하는, 그런 면에 있어서는 가장 뛰어난 기능성의 얼굴이에요. 호호!"

제갈단영이 화사하게 웃었다.

"다른 건 모르겠지만… 남자들의 접근은 확실히 차단할 것 같다."

제갈신우가 얼른 고개를 돌렸다.

第百十三章
하산

　구름이 손에 닿을 듯 보이는 산 봉우리의 바위 위에 신선
같은 풍모의 노인이 가부좌를 틀고 앉아 있었다.
　희고 긴 수염은 가슴 아래까지 흘러내려 배꼽에 닿을 정도
였고 머리카락과 함께 눈썹 또한 하얗게 새어 흡사 백설이 내
려앉은 것 같았다.
　하얗게 탈색된 수염과 머리카락이었지만 어떤 젊은이들의
그것보다 더 윤기 나고 단정한 느낌을 주어 노인의 모습을 더
욱 신비롭게 했다.
　노인은 지그시 두 눈을 감은 채 두 시진도 넘게 꼼짝도 않
고 바위 위에 앉아 있었다.

노인의 머리 위에 떠 있던 구름도 바람에 밀려 그 자리는
여러 번 주인이 바뀌었지만 노인은 여전히 미동도 않고 바위
위에 앉아 있었다.

태양이 서산에 걸려 서쪽 하늘을 붉게 물들일 즈음 석상인
양 앉아 있던 노인이 눈을 떴다.

온 세상의 지혜를 다 담은 듯 현기가 가득하던 노인의 눈은
어느새 서산의 석양을 가득 담고 세상에 동화되었다.

"사부님!"

노인의 명상이 끝남을 알았는지 조금 아래쪽에서 맑은 목
소리가 들렸다.

노인이 목소리가 들려온 쪽으로 고개를 돌리며 인자한 표
정을 지었다.

잠시 후 한 명의 인영이 모습을 드러냈다.

노인만큼은 아니었지만 그 역시 머리가 반 이상 희게 변한
초로인이었다.

"어쩐 일인가? 자네도 이젠 따뜻한 양지가 그리운 나이가
된 것인가?"

백발의 노인이 빙그레 웃으며 말했다.

"그럴 리가요? 전 아직 찬물에 물장구치고 노는 것이 더 즐
겁습니다."

반백의 노인이 환하게 웃으며 답했다.

"그런가? 그럼 물가에서 놀지 이곳엔 어쩐 일인가?"

백발의 노인이 여전한 미소와 함께 물었다.

"사질 놈 등쌀에 이곳까지 피난 왔습니다."

반백의 노인이 입맛을 다시며 말했다.

"제 사부가 출타 중이니 이젠 자네에게 떼를 쓰는 모양이군. 허허허!"

백발의 노인이 너털웃음을 터뜨렸다.

듣고 있는 것만으로도 가슴이 뻥 뚫릴 듯한 통쾌한 웃음이었다. 그 웃음에 긴 수염이 도포자락처럼 휘날렸다.

"사제가 어서 돌아와야 할 텐데. 보통 일이 아닙니다."

반백의 노인이 고개를 절레절레 흔들었다.

"그놈 참! 허허허!"

백발의 노인이 다시 한 번 통쾌한 웃음을 토했다.

"조산… 그놈 이후로는 이런 일이 없었는데… 네 사질은 어릴 적 조산, 그놈의 모습을 많이 닮았어."

인자한 미소가 어렸던 백발노인의 얼굴에 애잔한 기운이 번져 나갔다.

그런 사부의 모습에 반백의 노인도 숙연한 표정을 지었다.

백발노인의 별호는 운봉선인으로 청해마검 한조산의 스승이었다. 또한 반백의 노인은 운봉선인의 첫 번째 제자이자 한조산의 대사형인 현유검이었다.

"진우 사제가 갔으니 이젠 안심하셔도 될 것입니다."

현유검이 차분한 목소리로 말했다.

“그렇겠지. 놈도… 이젠 많이 늙었겠지?”

운봉선인이 서산 위에 붉게 물든 노을을 바라보았다.

“글쎄요. 하지만 그도 나이가 있으니…….”

“세월을 이기는 장사는 없는 법이지. 더구나 그놈은 너무나 큰 풍파를 겪었어.”

서산 노을을 바라보는 운봉선인의 표정에 애잔함을 넘어 비감이 어렸다.

“이번에는 꼭 와야 할 텐데…….”

현유검이 근심 어린 음성으로 말을 이었다.

“수구초심이라고… 세월이 그만큼 흘렀으니 사제도 이젠 이곳이 참지 못할 정도로 그리울 것입니다.”

“하지만 가슴에 쌓인 한이 너무 많아…….”

운봉선인이 말끝을 흐렸다.

“그 한을 조금이나마 풀고자 제자를 키웠겠지요. 그 제자가 잘 해내고 있고…….”

현유검도 말끝을 흐렸다.

그리고 한동안 침묵이 이어졌다.

“하지만 놈들의 세력이 너무 거대합니다.”

잠시 후 현유검이 말을 꺼냈다.

“이제야 본론이 나오는 것인가?”

운봉선인이 다시 미소를 머금었다.

“조산 사제의 가슴에 또다시 그런 피멍이 들게 하고 싶진

않습니다.”

현유검이 허리를 숙이며 말했다.

“그래서 자네도 하산을 허락해 달라?”

“아무래도 제가 내려가 보아야 할 것 같습니다.”

현유검이 다시 허리를 숙이며 답했다.

“우리는 이제껏 세상사에 관여하지 않으며 검의 극의를 향해 살아왔네. 세상사에 관여하는 순간 검의 극의는 점차 멀어질 것이네.”

운봉선인이 차분한 음성으로 말했다.

“사제와 사질도 지켜주지 못하는 검의 극의가 무슨 소용이 있겠는지요. 그때는 너무 창졸지간에 당한 일이라 손을 쓸 수 없었지만… 이젠 다시 그런 실수를 범하고 싶지 않습니다.”

현유검이 부드럽지만 단호함이 깃든 음성으로 말했다.

운봉선인은 아무런 대답도 하지 않은 채 물끄러미 대제자 현유검을 쳐다보았다.

“자네만 내려가면 가능하겠는가?”

한참 후 운봉선인이 물었다.

“저와 진우, 그리고 조산 사제가 힘을 합하면 가능할 것입니다.”

현유검이 천천히 고개를 끄덕였다.

“그렇게 하게나. 그리고 부디 몸조심하게.”

운봉선인이 마침내 고개를 끄덕였다.

“감사합니다, 사부님!”

현유검이 깊이 허리를 숙였다.

“그나저나 자네마저 산문을 내려가면 그놈의 성화가 나에게 미치지 않을까 걱정이군.”

운봉선인이 아래쪽을 바라보며 빙그레 웃었다.

“장문사제에게 잘 부탁해 놓겠습니다.”

현유검도 입가에 미소를 머금은 채 답했다.

“그런데 이 높은 산정에 도둑고양이가 한 마리 숨어 있구면.”

운봉선인이 미소를 머금으며 말했다.

“도둑고양이기 아니라 살쾡이가 아닌가 싶습니다.”

현유검도 빙그레 미소를 지었다.

“쩝! 들켰네!”

바위 뒤에서 한 인영이 입맛을 다시며 모습을 드러냈다.

열일곱이나 열여덟 정도로 되어 보이는 소녀였다.

두 쪽으로 가른 갈래머리에 왕방울만 한 두 눈은 온갖 호기심이 다 들어차 있었다. 만약 그 호기심을 다 채워주지 못한다면 병이라도 날 것 같았다.

그녀는 지금 현재 산문을 떠난 진령검의 제자 진진이었다. 또한 그녀는 아까 현유검이 말한 사질이기도 했다. 갓난아기 때 기근으로 부모를 잃고 길거리에 버려져 있는 것을 진령검이 안고 와 이름을 지어주고 제자로 삼은 것이다. 현재 열 명

의 현천검문 제자 중 유일한 여아라 어릴 때부터 사랑을 독차
지하여 천방지축으로 성장했다.

진진은 요즘 하루 종일 사문의 존장들을 따라다니며 비무
를 해달라고 떼를 쓰고 있었다.

그렇다고 비무를 안 해 준 것도 아니었다.

모두들 몇 번씩은 비무를 해주었다. 그러나 진진은 양에 차
지 않는다고 다시 졸라댔다.

마침내 사문의 존장들도 손을 내저었고 급기야 현유검은
이곳까지 피난을 오는 상황이 되었다.

진령검의 제자 진진은 성라검 한조산만큼 무공에 대한 열
의가 강한 아이이기는 했다. 그러나 최근 들어 더욱 극성을
부리는 것은 한 가지 이유 때문이었다.

사부 진령검이 산문을 나서 강호로 갈 때 진진은 따라가겠
다고 난리법석을 떨었다. 그러나 최근처럼 흉험한 세상에 어
떤 일을 당할지 몰랐기에 사문에서는 허락하지 않았다. 그것
이 한이 된 진진은 비무라는 핑계로 사문의 존장들에게 복수
를 하고 있는 것이다.

"비무 약속을 해놓고 이곳에 계시면 어떡해요, 사백!"

진진이 도끼눈을 떴다.

"허어— 내가 그랬었나. 나이가 드니 깜박깜박하는구나."

현유검이 진진의 눈길을 피하며 입맛을 다셨다.

"사조님 앞에서 그 무슨 망발이신가요?"

순식간에 약점을 잡은 진진이 맹공을 퍼부었다.

"어이쿠!"

진진의 통렬한 공격에 현유검이 비명을 질렀다. 그러면서 얼른 사부 운봉선인의 눈치를 보았다.

불식간에 흘러나온 말이었지만 사부 앞에서 큰 실수를 한 것이다.

"허허허!"

천하의 대제자 현유검이 쩔쩔매는 모습을 본 운봉선인이 절로 대소를 토했다.

"쩝!"

현유검이 입맛만 다셨다.

"아예 그 아이를 데려가는 것이 어떻겠나?"

잠시 후 운봉선인의 입에서 뜻밖의 말이 흘러나왔다.

"사, 사부님?"

현유검이 당황한 표정을 지었다.

"자네마저 떠나고 나면 내가 명대로 못 살 걸세……."

운봉선인이 짙은 미소를 지었다.

"와아! 정말… 정말 가도 되죠, 사조님?"

소녀가 숨이 넘어갈 듯한 목소리로 다시 물었다.

"어허!"

현유검이 눈 사이를 좁히며 엄한 표정을 지었다.

"사백님은 자꾸 저만 나무라세요. 사형들은 워낙 곰 같아서 눈 감고 귀 막은 채 살아갈 수 있겠지만 전 아니에요. 단 한 번, 단 한 번만이라도 세상 구경을 못하면 가슴이 터져 죽을 것 같단 말이에요.”

진진이 연방 가쁜 숨을 몰아쉬며 말했다.

세상 구경을 한다는 생각에 도저히 마음을 가라앉힐 수가 없는 모양이었다.

“또한 성라검 사백님도 꼭 뵙고 싶어요. 사백님이 키웠다는 제자, 한성 사형도 보고 싶고요. 그 대신 성라검 사백님은 제가 책임지고 모셔올게요. 안 오시겠다면 하루종일 따라다니며 떼를 쓰겠어요. 그건 정말 자신 있어요.”

진진이 숨도 쉬지 않고 한 호흡에 쏟아냈다.

진진의 말에 운봉선인이 빙그레 미소를 지었다.

현유검도 어이없는 미소를 지었다.

하지만 다른 것은 몰라도 사질의 생떼신공은 사부이신 운봉선인도 감당 못하는 수준이다. 설사 황소고집의 사제 한조산이라도 마찬가지일 것이다. 어쩌면 그 때문에 사부는 동행을 제의한 것이리라.

“대신 한 가지 내기에서 이기면 보내주마.”

운봉선인이 고개를 끄덕였다.

“와아!”

내기가 무엇인지 물어보지도 않은 진진이 산봉우리가 무너질 듯 고함을 질렀다. 그리고는 운봉선인의 팔에 매달려 팔짝팔짝 뛰었다.

"쯧쯧!"

현유검이 혀를 찼다. 그러나 그의 눈은 부드럽게 웃고 있었다.

"그런데 내기가 무엇인가요?"

진진이 뒤늦게 물었다.

"네가 좋아하는 것이란다."

운봉선인이 대답했다.

"그게……?"

"나하고 비무를 해서 이기면 보내주마."

운봉선인이 내기의 내용을 밝혔다.

"말도 안 돼요. 아니, 말씀도 안 돼요. 제가 어떻게……."

진진이 금방 울상이 되었다.

천하의 누가 있어 사조 운봉진인과 비무 내기에서 이길 수 있단 말인가?

그건 검으로 하늘을 가르라는 말과 같았다.

그러니 그건 아닐 것이다.

진진이 사조 운봉선인의 입술만 쳐다보았다.

"일성의 내공만으로 뿌리는 내 검초를 열 합만 받아보아라. 그러면 그나마 안심을 하고 보내주겠다."

일성의 내공이면 십분지 일밖에 안 된다. 하지만 그 당사자가 운봉선인이라면 얘기가 달라진다. 운봉선인이 일성 내공으로 뿌리는 검초라면 강호에서는 절정을 바라보는 고수나 받아낼 수 있을 것이다.

그것으로 미루어 진진의 실력이 강호에 나가면 절정을 바라보는 수준이란 말이다.

천방지축에 아직 열일곱 정도밖에 안 된 소녀가 절정을 바라보는 고수라면 쉽게 믿을 사람이 없을 것이다. 하지만 그건 엄연한 사실이었고 운봉선인 역시 그걸 인정했기에 그런 내기를 하자고 한 것이다.

"정말이죠? 정말 열 합만 받아내면 보내주시는 거죠?"

진진이 거듭 확인을 했다.

그건 자신이 있는 모양이었다.

"쯧쯧!"

사조님 앞에서 너무 철없이 구는 진진을 보며 현유검이 거듭 혀를 찼다. 그러나 날 때부터 지금까지 그래 온 행동이 하루아침에 바뀔 리도 만무했다.

"저는 이것으로 하겠어요."

진진이 얼른 옆에 있는 참나무 가지 하나를 꺾었다.

참나무는 여물기가 돌이나 마찬가지여서 낫이나 칼로도 잘 잘리지 않는다. 그것으로 검을 대신하기엔 부족함이 없었다.

"나는 이것으로 하마."

운봉선인은 싸리나무 가지 하나를 꺾었다.

진진이 꺾어온 참나무 가지는 어린애 팔목만 한 굵기였다. 그런 굵은 참나무 가지를 상대하기에 새끼손가락 굵기보다 가는 싸리나무는 너무 허약해 보였다.

"사조님께서 저를 너무 얕보시는군요."

진진의 볼이 부어올랐다.

"강호 구경을 하고 싶다는 말이냐, 아니란 말이냐?"

운봉선인이 미소와 함께 말했다.

"그… 렇죠. 사조님께서 악조건일수록 제가 강호행을 할 확률이 높아지는 거죠. 하지만 자존심은 좀 상해요."

진진이 입맛을 다셨다.

"그렇다면 더욱 이겨야겠구나. 자! 우리 현천검문의 무법자께서 얼마나 자랐는지 한번 볼까?"

온봉선인이 싸리나무 가지를 슬쩍 앞으로 내밀었다.

그냥 단순히 앞으로 내미는 싸리나무 가지였지만 그곳으로 운봉선인의 내력이 스며들자 그것은 더 이상 싸리나무 가지가 아니었다.

가느다란 싸리나무가 순식간에 황궁의 대전을 떠받치고 있는 거대한 기둥처럼 느껴지며 그곳에서 산이라도 두 쪽 낼 만한 기운이 뻗어 나왔다. 웬만한 고수라면 그 기운만으로도 숨이 턱 막히며 다리에 힘이 풀려 바닥에 주저앉을 것이다.

그러나 철부지 소녀이긴 하지만 걸음마를 옮길 때부터 무공을 연마한 진진이었다.

휘이잉―

진진은 참나무 몽둥이를 비스듬히 비껴 내리며 사조 운봉선인의 싸리나무 가지에서 뻗어 나오는 막강한 기운을 흩어 버렸다. 그리고는 오히려 자신의 참나무 몽둥이로 사조의 전신을 압박해 나갔다.

"오호!"

운봉진은의 입에서 찬사가 흘렀다.

천방지축의 성격과는 달리 무공을 대하는 자세는 더없이 진지하고 빈틈이 없었다.

"그동안 응석만 부리지는 않았구나."

운봉선인이 빙그레 웃으며 싸리나무를 미세하게 흔들었다.

우우웅―

싸리나무가 숱한 떨림을 일으키며 먹구름 같은 경기가 일었다. 그 경기 한 가닥, 한 가닥은 어떤 것보다 날카로운 검초였다.

'흐읍!'

길게 들숨을 쉰 진진은 참나무 몽둥이를 세차게 그어 내렸다.

부아악―

허공이 길게 찢어지는 기음이 참나무 몽둥이에서 일었다. 그리고는 세찬 경기가 일며 운봉선인의 먹구름 같은 경력을 잘라갔다.

그것으로 일 합이 이루어졌다.

운봉선인의 싸리나무 가지가 조금 더 큰 떨림을 보였다. 그러자 먹구름처럼 밀려오던 경력이 순식간에 사라지고 한줄기 날카로운 기운으로 응축되어 진진의 미간을 향해 쏘아져 들었다.

세 치 두께의 철판이라도 뚫을 만큼 강력하게 응축된 기운이었다.

그 기운이 정수리를 노리고 다가온다는 느낌만으로도 정신이 혼미해지고 혼백마저 흩어져 버릴 것 같았다.

슈욱—

송곳처럼 날카롭게 미간을 찔러오는 기운을 향해 진진도 지지 않고 참나무 몽둥이를 찔러나갔다.

진진의 참나무 몽둥이에서도 강력한 기운이 응축되며 방패처럼 둥글게 어렸다.

일렁—

송곳날 같은 기운과 방패 같은 기운이 부딪쳐 대기가 커다랗게 일그러졌다. 그러나 그곳에서는 어떤 폭음도 일어나지 않았다. 두 사람이 뻗어낸 기운은 강력하지만 한 올의 살기도 없었기 때문이었다.

휘이잉!

운봉선인의 싸리나무 회초리가 둥글게 원을 그렸다.

이 합이 끝나고 삼 합이 이루어지는 순간이었다.

일렁거리던 대기가 급격히 제자리를 찾았다. 동시에 둥글게 펼쳐진 기운이 그물이 되어 진진의 전신을 옭죄어왔다.

밖에서 보면 그냥 단순히 싸리나무 회초리로 원을 그린 것 같았지만 그 원 안에 갇힌 진진은 싸리나무 회초리가 온 세상을 뒤덮은 듯한 기분을 느꼈다.

그 어느 것 하나에라도 닿는다면 살갗이 터지고 혈맥이 진탕될 것이다.

"하앗!"

진진이 처음으로 기합성을 토해냈다.

동시에 그녀의 참나무 몽둥이가 종횡으로 느릿느릿하게 움직였다.

츠츠츠츠—

기이한 음향이 일며 하늘을 가득 뒤덮던 싸리나무 회초리의 그물이 균열이 갔다. 그리고는 바람처럼 사라졌다.

세 합이 끝난 것이다.

그러나 아직 일곱 합이 남아 있었다.

"제법이로고……."

빙그레 미소를 지은 운봉선인이 누구도 따라할 수 없는 현묘한 방향으로 싸리나무 회초리를 흔들었다.

흩어졌던 기운이 일시에 싸리나무 회초리로 엉기며 그것이 검이 되고 칼날이 되어 진진의 전신을 향해 날아들었다.

진진이 왼발을 축으로 해서 팽이처럼 신형을 회전했다. 그 회전력과 함께 참나무 몽둥이에서 비단결 같은 기운이 검사(劍絲)처럼 흘러나왔다.

겉보기에는 물속에서 아른거리는 해초처럼 부드러웠지만 그 속에 실린 날카로움은 무쇠라 해도 토막을 낼 정도였다.

성성성성!

진진의 전신을 난도질할 듯 찔러가고 베어가던 기운이 검사의 기운에 걸려 모조리 끊어졌다. 그리고는 남은 검사의 기운이 오히려 운봉선인을 다그쳐 갔다.

"이런!"

운봉선인이 짐짓 다급성을 토했다. 그러나 그의 입가에는 여전히 미소 한줄기가 걸려 있었다.

쉬쉬쉬쉬쉭!

싸리나무 회초리가 갈지자로 움직이며 검사와 같은 기운을 모조리 휘감아 허공에 흘렸다.

파훼법을 펼쳐 검기를 흩뜨린 것이다.

이것으로 네 합과 다섯 합이 동시에 펼쳐진 것이다.

두 조손 간의 비무는 그렇게 계속되어 갔다.

때로는 선녀와 선인이 춤을 추는 듯 부드럽다가도 때로는 광풍이 몰아치듯 강맹했다. 그 강맹함 속에는 물이 흐르는 것과 같은 부드러움이 있었고, 또 그 부드러움 속에는 바위라도 휩쓸어 버릴 대홍수의 무거움이 깃들어 있었다.

진진의 이마에 땀이 송골송골 맺혔다. 반면 운봉선인의 입가에 흐르는 미소는 진진의 이마에 흐르는 땀방울의 양만큼 짙어졌다.

그렇게 아홉 합까지 면면부절 이어졌다.

진진의 비무를 지켜보는 현유검의 눈이 깊어졌다.

저 천진난만한 얼굴 그 어느 곳에 저런 치열함과 함께 무공에 대한 깊은 열정이 숨어 있었던가?

하루 종일 응석만 부리던 그 성격 어디에 저런 깊은 폭이 펼쳐져 있었던가?

천방지축의 어린애로만 알았던 진진의 성취가 생각보다 깊었다.

그러나 상대는 신인합일의 경지에 있는 사부 운봉선인!

아무리 일성의 내력만으로 상대한다 하더라도 진진이 감당하기엔 벅차고도 남았다.

이제 마지막 한 합이 남았다.

그 한 합에서 어떤 결과가 나올 것인가?

단순한 내기 비무에 앞서 무인으로서의 진진의 앞날이 걸린 순간이기도 했다.

마지막 일 합에서 진진은 자신을 철저히 되돌아보며 참담한 패배감을 맛볼 수도 있었고 무한한 자신감과 함께 또 한 번 탈각의 순간을 맞을 수도 있었다.

"마지막 한 합이구나!"

운봉선인이 크게 한 발을 내딛으며 싸리나무 회초리를 어지럽게 흔들었다.

단 한 번의 움직임에 열여덟 가지의 변초가 숨어 있는 진령초혼(震靈招魂)의 초식이었다. 그것은 또한 진진의 사부가 익힌 진령검법의 초식이기도 했다. 그러기에 진진이 익히 알고 있는 초식이었다. 하지만 그것은 얼마나 이해하고 있는가에 따라서 천양지차로 위력이 나타나는 초식이기도 했다.

진령검법에 대한 진진의 성취는 지금 칠성을 넘어서고 있었다. 칠성의 성취로는 지금 사조 운봉선인이 펼치는 검초를 막아내기에는 역부족이었다.

진진이 그것을 막아내려면 배움 이상의 그 무엇, 의식 아래쪽에 자리하고 있는 타고난 자질이 필요했다.

운봉선인은 진진의 그것을 살피고 있었다.

옆에서 지켜보던 현유검의 눈이 조금 크게 떠졌다.

자신은 마음만 있었지 그런 가르침을 내려줄 만한 능력이 없었다. 그것은 한참을 더 높은 곳에서 내려 볼 수 있어야 가능한 일이었다.

사부 운봉선인은 그 경지에서 진진에게 크나큰 가르침을 내리고 있었다.

만약 이 순간을 넘어서면 진진은 크게 한 걸음 도약할 것이고 못 넘어선다면 좌절하며 한동안 벽에 막힐 것이다.

물론 그 벽 역시 도약의 큰 밑거름이 될 것은 자명하다. 그냥 아무것도 모르는 것과 자신이 무엇을 모르고 있는지 아는 것은 천지 차이다.

진진이 이 순간 벽을 뛰어넘지 못하더라도 자신의 앞을 가로막은 벽이 어떤 것인지는 아프게 직시할 수 있을 것이다.

물론, 지금 당장 뛰어넘어 버리면 그 기간마저 훌쩍 단축할 수가 있다.

"차아아!"

진진이 다시 기합성을 토했다.

단전에서 불끈 끓어오른 기운이 참나무 몽둥이를 타고 나가며 와선류(渦線流)를 이루었다. 그리고는 곧장 앞으로 뻗어 나갔다.

츄아아아아악!

참나무 몽둥이가 거대한 물줄기처럼 변했다. 그리고 그것은 물줄기의 그물을 만들며 운봉선인이 펼친 진령초혼의 초식을 막아나갔다.

타타타타타탁!

싸리나무 회초리가 참나무 몽둥이를 연속적으로 가격했다. 그러나 와선류를 이루며 회전하는 기운이 그것을 모조리 튕겨내며 막아갔다.

투투투투툭!

참나무 몽둥이 껍질이 여러 조각 터지며 세차게 튀어 올랐다. 하지만 잘려 나가지도 놓치지도 않았다.

진진은 한 개의 벽을 훌쩍 뛰어넘은 것이다.

"장하구나!"

현유검이 환하게 웃으며 진진의 성취를 축하했다.

이제 진진은 칠성의 말엽에 들어서며 팔성을 바라볼 수 있다. 그 상태에서 조금만 더 성찰하면 팔성의 문턱을 완전히 넘어설 것이다.

"허허!"

운봉선인이 너털웃음과 함께 싸리나무 회초리를 바닥에 내려놓았다.

"각골난망하겠습니다, 사조님!"

진진이 무릎을 꿇고 머리를 깊이 조아렸다.

그때는 천방지축의 소녀가 아니었다. 누구보다 강한 무인이었고 현숙한 처녀였다.

"이제 이 할아비는 심심해서 어쩌누."

운봉선인이 사조가 아닌, 인자한 할아버지로 돌아오며 진진을 쳐다보았다.

"최대한 빨리 돌아올게요, 할아버지."

얼른 일어난 진진이 토끼처럼 운봉선인의 품으로 뛰어들었다.

"언제, 언제 떠나실 건가요, 사백님? 내일 당장 떠나시면 안 되나요?"

할아버지의 품에서 벗어난 진진이 이번에는 현유검의 팔

에 매달리며 눈을 반짝였다.

"준비할 것이 많으니 한 달 후쯤……."

현유검이 은근슬쩍 진진의 애를 태웠다.

"항상 검 한 자루만 들고 다니시는 분이 준비할 것이 뭐가 있다고 그러세요. 옷 두어 벌과 벽곡단 한 주머니, 건포 몇 조각만 준비하면 끝이죠. 그 이상은 아무것도 필요 없어요. 혹시 부족한 것은 제가 알아서 다 구해드릴 테니 내일 당장 떠나도록 해요, 사백님."

진진이 조바심을 내며 목소리를 높였다.

"길이 머니 그렇게 하도록 하게. 그래야 하루라도 더 빨리 그 아이들에게 도움을 줄 수 있을 것이고……."

운봉선인이 진진의 타는 속을 달래주었다.

"역시 사조님이 최고! 당장 준비해 놓을게요. 내일 아침 일찍 떠나도록 해요."

한 번 더 운봉선인에게 매달렸던 진진이 바람처럼 달려 내려갔다.

"허허!"

현유검이 너털웃음을 흘렸다.

내일부터는 하루 종일 쫑알거리는 사질 진진과의 동행에 귀가 아플 것이다. 하지만 멀고 긴 여정에 심심하지는 않을 것은 확실했다.

"그런데 최근 천살성의 기운이 너무 강하네."

진진이 사라진 후 운봉선인이 멀리 하늘 한곳을 쳐다보며 말했다.

"그 노괴가 서서히 기지개를 켜기 시작한 모양이야."

운봉진인이 근심 어린 목소리로 말했다.

노괴란 젊은 시절 우연히 만난 홍화교의 교주를 일컬음이다. 그로 인해 현천검문은 비급을 도둑맞고 셋째 제자 한조산을 잃는 아픔을 겪었다.

"걱정 마십시오, 사부님. 저희 세 제자가 힘을 합하면 충분히 감당할 수 있습니다."

현유검이 부드러운 음성으로 사부 운봉진인을 안심시켰다.

"어쨌든 몸조심하게나. 그리고 열흘에 한 번은 천응(天鷹)을 통한 연락도 잊지 말게나."

운봉진인이 못내 걱정이 되는 듯 당부했다.

"그렇게 하겠습니다."

현유검이 깊이 허리를 숙였다.

第百十四章
전향(轉向)

백화루를 점령하고 조사를 시작한 지 사흘 째!

두두두두!

네 대의 마차가 정문으로 들이닥쳤다.

긴장한 항마백룡대 대원들이 즉시 전투준비를 하며 마차 앞을 막아섰다.

"워! 워!"

마차가 멈추고 선두의 마차에서 먼저 내린 사람은 준수한 미공자와 아리따운 소녀였다. 그 뒤를 따라 다른 마차에서도 사남 일녀의 선남선녀가 내려섰다.

"오랜만일세. 하하하!"

제일 앞의 마차에서 내린 청년이 호쾌하게 웃으며 유한성에게로 다가왔다. 그리고는 유한성을 와락 안았다.

오성상단의 소단주 채호영이었다. 그리고 그 옆에는 그의 동생인 채영영이었다.

"반가워요, 유 공자님!"

채영영도 환하게 웃으며 인사를 했다.

"반갑소, 채 소저. 그리고 자네도."

유한성도 흐릿하게 웃으며 두 사람을 맞았다.

"그런데 어쩐 일인가?"

유한성이 약간 의아한 얼굴로 채호영을 쳐다보며 물었다.

이번 임무는 극비리에 이루어진 것이다. 전투가 벌어진 후 사흘이 지났지만 그동안 채호영이 소식을 듣고 이곳까지 온 것은 뜻밖이었다.

"상계의 정보망을 우습게 보지 말게."

채호영이 하얀 이를 드러내며 답했다.

"비밀이 샜단 말인가?"

유한성이 눈 사이를 좁혔다.

"물론 자네가 이곳에 올 때까지는 비밀이 새지 않았지. 하지만 낙양제일의 주루가 화염에 휩싸이고 대 전투가 일어났는데 어찌 소문이 안 나겠는가. 마침 내가 와 있던 우리 상단 낙양지부에도 소식이 들렸네. 귀를 쫑긋 세워보니 천만뜻밖에도 무림맹 최강의 부대인 항마백룡대가 납셨고, 그 대주가 자네라더군. 하하하!"

채호영이 다시 호쾌하게 웃었다.

그 웃음 속에는 반가움과 함께 자부심의 감정이 잔뜩 묻어 있었다.

그런 두 사람을 보며 항마백룡대 대원들은 두 눈을 크게 떴다. 때로는 얼음장 같고 때로는 저승사자 같은 유한성을 죽마고우처럼 대하는 채호영의 정체가 궁금했기 때문이다.

"그런가?"

유한성이 고개를 끄덕였다.

"그렇다네. 그리고 자네가 이곳에 왔다는데 내가 안 와볼 수가 있나. 소식을 듣자마자 부리나케 달려왔다네."

채호영이 덧붙였다.

"어쨌든 반갑네."

유한성이 묵묵히 고개를 끄덕였다.

"누구신지 소개 좀 해주면 안 되나요, 대주?"

한참을 지켜보던 장하란이 생글거리며 다가왔다.

"내 친구 채호영 공자이오. 하남 오성상단의 소단주이기도 하고……. 그리고 이분은 채 공자의 동생인 채영영 소저이오."

유한성이 채호영 남매를 소개했다.

"오성상단 소단주?"

포천영이 눈 사이를 좁혔다.

"그럼 이분이 개봉 제일의 풍류공자?"

장하란은 눈을 크게 떴다. 그녀는 채호영에 대해 알고 있는 모양이었다.

"하하! 그건 너무 과장된 명칭이오. 아버지 고함 소리가 무서워 은자 한 냥도 벌벌 떨며 제대로 못 쓰는 사람이 무슨 풍류공자겠소."

채호영이 손사래를 쳤다.

"아무 곳에서나 돈을 많이 쓴다고 풍류공잔가요. 어떻게 쓰는가에 달려 있죠."

장하란이 눈웃음을 치며 대꾸했다.

"요망한 것!"

탁모격이 고함을 질렀다.

"시끄러워요!"

장하란이 마주 고함을 치고는 유한성을 쳐다보았다.

"개봉 제일의 풍류공자와 친구가 된 걸 보니 대주님은 인맥도 넓군요. 더더욱 맘에 들어요."

장하란의 눈웃음이 이번에는 유한성에게로 옮겨졌다.

"그리고 나하고 같이 온 분들은 하남의 후기지수인데 들어가서 정식으로 소개하겠네. 그리고……."

채호영이 뒤쪽의 마차를 쳐다보았다.

"마차에 술과 안주거리를 넉넉하게 싣고 왔으니 항마백룡대 무사님들과 함께 거나하게 한잔하세나. 오늘은 모두들 마음껏 드시고 피로를 푸십시오."

채호영이 항마백룡대 대원들을 향해 목소리를 높였다.

"와!"

"와아!"

"정말 고맙소, 채 공자! 역시 개봉 제일의 풍류공자요."

항마백룡대 대원들이 고함을 질렀다.

그러잖아도 술은 많이 있었지만 모두 독이 들어 있어 입맛만 다시고 있었는데 화려하고 큰 마차 네 대에 술과 안주거리를 가득 싣고 왔다니 더없이 반가웠다.

"어서 마차를 안으로 들이고 술을 내려라!"

고함을 지른 대원들이 네 대의 마차를 안으로 끌고 들어와 주향이 진동하는 술독과 산해진미들을 내리는 동안 유한성은 채호영 일행과 함께 건물 안으로 들어갔다. 모용표와 단목철문이 그 뒤를 따랐다.

"자리가 사람을 만든다더니 자네 몸에선 이젠 백전노장의 냄새가 풍기는군."

일행들과 함께 마주앉은 채호영이 유한성을 보며 빙그레 미소를 지었다.

"백전까지는 아니지만 제법 많이 싸웠지."

유한성이 답했다.

"들었네. 모진 놈을 만나서 통구이가 될 뻔도 했다지?"

채호영은 약간 걱정스런 눈으로 유한성의 전신을 훑었다.
그러나 머리카락만 빼고는 그 이느 곳에도 상처의 흔적이 남
아 있지 않는 것을 확인하고는 안도의 한숨을 내쉬었다.

"하지만 결국 그놈을 악착같이 쫓아가서 죽였다지?"

자신에 대해서 모르는 것이 없는 채호영을 보며 유한성은
쓴웃음을 지었다. 그리고 상계의 정보망이 정말 대단하다는
생각이 절로 들었다.

"오라버니… 감탄은 그만하시고 다른 분들도 인사
를……."

채영영이 채호영의 옆구리를 찔렀다.

"어이쿠! 내 정신 좀 보게. 자넬 다시 만나 하도 반가워 실
례를 했군. 소개하지. 이분들은 자네도 아는 분들의 자제들이
네."

채호영의 말에 유한성은 얼핏 짐작이 갔지만 묵묵히 듣고
만 있었다.

"우리 지부에서 이곽봉 노야와 함께 뵈었던 상단주 분들의
자제들이라네. 자넬 만나러 간다는 말에 만사 제쳐놓고 따라
붙었지 뭔가. 자넨 이제 정주를 지나 하남에서도 유명인사라
네. 하하하!"

다시 호쾌하게 웃은 채호영이 차례로 소개했다.

네 명의 청년는 각각 진홍상단주 조일평의 아들 조하성(曹
霞星)과 무진상단주 정상채의 아들 정모림(鄭謨林), 사해상단

주 장서곤의 아들 장여준(張餘濬), 양가상단 양손욱의 아들 양
호추(梁浩秋)였다.

　그리고 홍일점인 여인은 그중에서도 제일 나이가 어려 열여
덟 정도로 되어 보였는데 천화상단 이곽봉의 손녀인 이서정(李
徐貞)이었다.

　유한성은 묵묵히 그들과 인사를 나누었다.

　그들은 모두 채호영의 말대로 정주제일가인 정주유검가의
자제이자 정호회 타격대 대주인 유한성에게 안면을 트기 위
해 따라온 것이었다.

　상가의 자제들이다 보니 그런 일에는 누구보다 빠른 계산
과 움직임을 보이며 채호영을 따라 이곳까지 온 것이다.

　유한성으로서는 썩 마음에 드는 일도 아니었지만 싫은 일
도 아니었다. 가문으로 돌아가게 되면 저들과는 다시 만나며
살아가야 할 것이다. 그 순간이 조금 빨리 찾아온 것뿐이다.

　어쨌든 저들은 채호영과 함께 지금 이곳에서 가장 필요한
술과 안주를 푸짐하게 가져왔으니 신세를 진 셈이었다.

　“나도 소개하겠소. 이분은 모용세가의 모용표 공자이고,
이분은 단목세가의 단목철문 공자이오.”

　유한성이 두 사람을 소개하자 채호영을 따라온 네 청년의
눈이 크게 벌어졌다.

　지금 당장의 명성이나 세력만으로 따지자면 유한성의 가
문인 유검가보다 모용세가나 단목세가가 한참 윗줄이었다.

그런 가문의 자제들을 만났으니 눈만 아니라 입도 절로 벌어
졌다.

"정말 반갑습니다. 유 공자와 함께 명성 쟁쟁한 분들을 같
이 만나 뵙게 되니 더더욱 기쁘군요."

청년들이 모용표와 단목철문에게 차례로 인사를 건넸다.
그러면서도 유한성의 마음을 상하지 않게 세심하게 배려했
다. 역시 상가의 자손들로 손색없는 처세였다.

"자, 인사는 끝났으니 술부터 한잔합시다. 저 멋대가리 없
는 항마백룡대주 따라다니다 보니 술이 고파 죽을 지경이
오."

인사가 끝나자마자 모용표가 얼른 술잔을 잡아당겼다.

"인정!"

단목철문도 고개를 크게 끄덕이며 술잔을 잡았다.

"이 친구가 멋대가리 없다는 점에 대해서는 나도 십분 인
정하오."

재호영도 쌍수를 들며 찬동했다.

"나도 인정하지."

유한성도 묵묵히 술잔을 들었다.

"푸하하! 역시 자리가 사람을 만드는군. 이젠 여유마저 넘
쳐. 하하하! 건배!"

채호영이 고함을 지르며 술잔을 들어 올렸다.

그렇게 서로 권하고 마시며 순식간에 몇 동이의 술을 비

웠다.

"이 소저께서는 이제껏 어째 아무 말씀도 없이 술만 드시고 계시오? 멋대가리 없는 사람을 만나 같이 멋이 없어지기로 작정한 것이오?"

채호영을 능가하는 풍류공자인 모용표가 이서정을 향해 말했다.

"평소에 안 하던 행동을 하는군."

같이 온 청년들 중 누군가 거들었다. 말투로 보아 서로 잘 아는 사이 같았다.

"할아버지께서 유 공자님을 만나는 길에 전하라는 말씀이 계셨어요. 그 말만 전하고 가려 했는데 분위기에 사로잡혀 지금까지 왔어요. 그런데 지금 말하면 아무래도 술맛이 달아날 것 같고… 그렇다고 더 지나면 취해서 흘려듣게 될 것도 같아 좌불안석이에요."

이서정이 자신의 속내를 털어놓았다.

오룡회의 일원인 이곽봉의 전언이라는 말에 유한성은 흠칫 긴장하며 이서정을 쳐다보았다.

"하여간 분위기 깨는 데는 뭐 있다니까."

다른 청년 하나가 푸념을 했다.

"말씀해 보시오."

유한성이 차분한 음성으로 말했다.

"하남성 녹림과 장강수로채의 움직임이 심상치 않다고 하셨어요.”

말을 한 이서정이 후련하다는 표정으로 한숨을 내쉬었다.

“녹림과 장강수로채?”

이한성에 앞서 모용표와 단목철문이 먼저 눈 사이를 좁혔다.

“그놈들은 구천련에도 가입하지 않고 어부지리를 노리며 복지부동하고 있다고 들었는데?”

단목철문이 모용표를 쳐다보며 말했다.

“그런데 놈들이 무슨 일이지?”

모용표도 안광을 빛냈다.

“어디 크게 한 탕 할 건수라도 생겼나?”

다른 청년도 게슴츠레한 눈을 조금 치켜 올리며 말했다.

“하남 상계에서 알고 있다면 무림맹에서도 알고 있을 것이오. 며칠 후면 전서구가 날아올 터이니 그때 무슨 소식이 있을 것이오. 그러니 오늘은 술이나 듭시다.”

모용표가 손을 세차게 흔들며 말했다.

“그렇소. 그 도적 놈들 때문에 이 아름다운 자리가 망가져서는 안 되겠지요. 복잡한 일은 내일 생각하고 오늘은 마음껏 마십시다.”

채호영도 술잔을 들어 올리며 목소리를 높였다.

‘녹림과 장강수로채…….’

같이 술잔을 들어 올렸지만 유한성의 눈빛은 깊게 침잠했다.

*   *   *

"이곳이에요."

항마백룡대 오조장 장하란이 방문을 열었다.

방 안에는 침상이 세게 놓여 있었고 그곳에는 각각 한 명씩 여인이 누워 있었다.

여인들은 선녀처럼 아름다웠다.

백옥처럼 흰 피부에 긴 속눈썹, 그리고 흡사 앵두를 물려놓은 것 같은 입술!

장하란이 사람이 맞느냐며 고개를 절레절레 흔들기에 충분한 모습이었다.

그러나 세 여인은 지금 시체처럼 침상에 누워 꼼짝도 하지 않고 있었다. 단지 가슴이 오르내리는 것을 보아 숨을 쉬고 살아 있다는 것을 알 수 있을 뿐이었다.

그녀들은 백화루의 제일 예쁜 다섯 꽃 중 일화에서 삼화까지였다.

홍화교 사내의 비열하고도 잔인한 행위에 사화와 오화, 두 여인은 처참한 모습으로 죽었다.

이곳에 누워 있는 세 여인도 똑같은 상황에 처해졌으나 백척간두의 순간 유한성이 뛰어들어 목숨을 구했다.

그때의 충격 이후 세 여인은 지금까지 시체처럼 침상에 누워 있었다.

막강한 두 기운이 충돌하며 터져 나온 폭압이 그녀들에게 적지 않은 내상을 입혔다. 그러나 그것은 이틀이면 충분히 깨어날 정도였다. 그런데도 닷새가 지난 지금까지 세 여인이 일어나지 못하고 시체처럼 침상에 누워 있는 것은 정신적인 충격 때문이었다.

그동안 세 여인은 밥알 한 알, 물 한 모금 마시려 하지 않았다.

보다 못한 항마백룡대 일조장 초두윤이 아혈과 함께 목 근처 혈 하나를 더 점한 후 물을 흘려 넣어 아직 생명이 붙어 있었다.

의생들의 말에 따르면 정신을 지배당하거나 실혼인이 되어 그런 것은 아니라고 했다. 그동안 여러 차례 소리 없이 눈물을 흘리는 것으로 보아 의생들의 말은 확인되었다.

그럼에도 불구하고 그녀들이 이렇게 시체처럼 누워 있는 것은 그녀들의 참담한 의지가 육체를 지배하고 있어서였다.

다시 말해, 그녀들은 생의 의욕을 완전히 잃어버렸거나, 억지로 생을 포기하려는 의식 상태에서 시체처럼 누워 있는 것이다.

"그동안 아무리 흔들어 깨워도 시체처럼 꼼짝도 않아요. 한 번은 내가 바늘로 발바닥까지 찔러보았지만 움직이지 않았어요. 그런 것도 의식하지 못할 정도로 정신적 충격이 큰 모양이에요.”

장하란이 고개를 흔들며 설명했다.

“잠시 나가주시겠소?”

가라앉은 사내의 목소리가 들렸다.

장하란이 안내해 온 유한성이었다.

“쟤들만 나가란 말인가요? 아니면 나까지 모두 나가란 말인가요?”

장하란이 다른 여자 대원들을 쳐다보며 말했다.

혹시 세 여인이 자진이라도 할까 봐 그동안 항마백룡대의 다른 여자 대원들이 밤낮으로 그녀들을 보살피며 감시도 같이 했던 것이다.

“모두!”

유한성이 짤막하게 답했다.

“알겠… 어요.”

장하란이 조금 섭섭한 표정을 하며 고개를 끄덕였다.

장하란과 여자 대원들이 모두 나가고 난 후 유한성은 한참 동안 세 여인을 쳐다보았다.

세 여인은 여전히 죽은 듯이 미동도 하지 않았다.

“나는…….”

유한성은 입을 연 후 한참 더 침묵을 지켰다.

세 여인은 여전히 죽은 듯이 누워 있었지만 유한성의 음성이 들리자 몸속에 흐르는 호흡의 흐름이 조금 빨라졌다.

그녀들은 지금 들리는 목소리의 주인공이 마지막 순간 자신들을 살린 사람이란 것을 알고 있었던 것이다.

"말을 잘하지도 못하고 돌려서 부드럽게 하지도 못하오. 길게 하는 것 역시 별로 좋아하지 않소. 그래서 하고 싶은 말만 직설적으로 말하겠소."

유한성이 호흡을 한 번 고른 후 말을 이었다.

"내 어머니는 삼화였소."

유한성의 단도직입적인 말에 세 여인의 몸속을 휘도는 호흡이 두 배로 빨라졌다. 그중 한 여인, 일화는 속눈썹까지 미세하게 떨렸다.

"알고 있었을지도 모르겠지만 내 어머니는 이십여 년 전, 산동의 한 주루에서 당신들처럼 홍화교의 비밀조직원으로 암약했다고 했소. 그러다가 그곳에서 한 사내를 만났고 가장 큰 금기인 사랑에 빠졌소."

유한성은 다시 말을 조금 끊었다가 입을 열었다.

"그 후 내 어머니는 아버지를 따라가게 해달라고 당신네 조직에 애원했다고 했소. 하지만 조직은 일언지하에 거절했고 결국 아버지는 어머니를 탈출시키기 위해 조직원들과 사투를 벌였소."

일화의 속눈썹이 더욱 크게 떨렸다. 또한 이화와 삼화의 가슴은 조금 더 크게 오르내렸다.

그것으로 보아 그녀는 유한성이 자신과 같은 처지여 여인

에게서 태어났다는 사실은 모르는 것 같았다. 유한성을 제거
하는 데 혹시라도 동정심이 생길까 저어한 홍화교 사내가 말
을 해주지 않은 때문일 것이다.

"아버지는 가슴에 검이 관통된 채 돌아가셨지만 결국 어머
니를 탈출시켰소. 그래서 내가 태어났지요."

"……."

"나는 얼마 전 당신들이 주군이라 부르던 사내를 만나기
전까지는 그런 어머니의 정체에 대해 전혀 몰랐소. 좀 더 크
면 말해주려고 기다리다가 내가 열네 살이 되던 해에 어머니
께서 갑자기 생을 하직했기 때문이라 생각하오."

"……."

"어릴 때는 내 어머니가 세상에서 더없이 불행한 여인이라
생각했었소. 하지만 그 사내로부터 아버지에 관한 얘기를 듣
고 나서는 그게 아니라는 생각을 하게 되었소. 목숨을 걸고
사랑해 준 사람이 있는 여인은 결코 불행한 여인이 아니오."

유한성은 할 말을 다 했는지 한동안 입을 다물고 있었다.

세 여인의 가슴은 아까보다 한참 더 심하게 오르내렸다.

자신들과 같은 처지의 여인이 낳은 아들의 말이었기에 가
슴속 깊이 스며든 것이다.

"내가 당신들을 구한 것은… 내 어머니께서 시킨 일인지도
모르겠소. 그 순간은 항거할 수 없는 힘에 끌려 뛰어든 것 같
은 느낌이 들었으니까……. 어머니의 정체도 모른 내가 당신

들 조직과 철저히 척을 지며 여기까지 온 것도 마찬가지고.”

잠시 침묵이 이어졌다.

그 침묵을 세 여인의 숨소리가 일깨우고 있었다.

처음에는 전혀 들리지 않던 숨소리가 이젠 침묵을 깨울 정도로 크게 울리고 있었다.

“원하는 곳으로 가게 해주겠소. 이젠 누구도 당신들을 속박하지 못할 것이오. 그러니… 부디 좋은 곳에서 행복한 여인들이 되길 빌겠소. 내… 어머니처럼…….”

그 말을 끝으로 유한성은 신형을 돌려 밖으로 나갔다.

유한성의 발소리가 멀어져감과 함께 세 여인의 눈에서는 굵은 눈물이 흘러내렸다.

*　　　*　　　*

“그녀들을 보내주자고?”

점심을 마친 후 초두윤을 찾아온 장하란의 말에 초두윤이 눈살을 찌푸리며 장하란을 쳐다보았다.

장하란은 안타까운 표정으로 고개만 끄덕였다.

“이유는?”

“불쌍한 여인들이에요.”

장하란이 입술을 깨물며 말했다.

“말이 되는 소리를 해라, 이 요망한 것아!”

삼조장 탁모격이 탁자를 치며 고함을 질렀다.

그러나 장하란은 이번만큼은 아무런 대꾸도 하지 않았다. 그것이 전혀 예상 밖이었든지 탁모격은 눈알만 데구루루 굴렸다.

"심문을 하면 많은 정보를 캐낼 수 있다."

초두윤이 강한 어조로 말했다.

"그런다고 토설할 여인들이 아니에요. 벌써 죽어가고 있잖아요."

장하란이 항변했다.

"그러니까 얼른 심문을 해야지."

탁모격이 뚱한 목소리로 말했다.

"이제껏 이용만 당한 여인들이에요. 그런 여인들을 혹독하게 심문해서 얼마나 잘살겠다는 거예요? 사람들이 왜 그렇게 인정머리가 없어요. 나중에 지옥 가서 후회하지 말고 살아생전에 덕을 좀 쌓아요."

장하란이 갑자기 발작적으로 고함을 질렀다.

탁모격이 깜짝 놀라 한 걸음 뒤로 물러섰다. 초두윤도 예상 못한 장하란의 반응에 눈을 끔벅거렸다.

남자들보다 더 손속이 매섭고 차가운 성격의 장하란이었다. 그래서 이십대 중반의 여인임에도 불구하고 항마백룡대에 차출되었고 굳건히 견뎌내며 조장까지 맡았다. 그런 그녀가 세 여인을 보내주자는 말을 하는 것은 도저히 이해가 되지 않았다. 평소의 그녀라면 껍질을 벗겨서라도 정보를 캐내자며 설쳐댔을 것이다.

"이 요망한 년이! 뭘 잘못 먹고 확 돌아와서 이 난리냐?"

탁모격도 마침내 고함을 질렀다.

그때 방문이 열리고 한 여인이 여자 대원들의 부축을 받으며 들어섰다.

"엇!"

방 안에 있던 항마백룡대 대원들이 이구동성으로 경호성을 터뜨렸다.

들어선 여인은 닷새 동안 꼼짝도 않고 침상에 누워 있던 세 여인 중 한 명이었다.

백화루의 가장 아름다운 꽃 일화!

시체나 다름없었던 그녀가 부축을 받으며 방 안으로 들어선 상황에 대원들은 눈만 둥그렇게 뜬 채 얼어붙어 있었다.

"유 공자님을 뵙게 해주세요."

일화가 입을 열었다.

비록 기운은 없었지만 은 쟁반에 옥구슬이 굴러가는 듯한 목소리였다.

시체 같던 일화가 여기까지 찾아와 말을 하는 사태에 모두들 멍하니 쳐다만 보고 있었다.

"뭐해요? 말 못 들었어요?"

장하란만이 냉정을 유지하며 고함을 질렀다.

뒤늦게 사내 대원 하나가 밖으로 뛰어나갔다.

잠시 후 유한성이 실내로 들어왔다. 그를 따라 모용표와 단목철문도 뛰어 들어왔다.

유한성은 깊숙한 눈으로 일화를 쳐다보았다.

"알려줄 것이 하나 있어요."

일화가 입을 열었다.

유한성이 고개를 끄덕였다.

"며칠 후엔 장강수로채와 녹림이 구파일방을 동시에 공격할 거예요."

일화의 입에서 폭탄 같은 말이 터져 나왔다.

"녹림과 장강수로채라니? 그게 무슨 소리요? 그들이 왜?"

탁모격이 놀란 눈을 하며 고함을 질렀다.

녹림과 장강수로채는 구천련에 포함되지 않은 흑도의 조직이었다. 그런 상태에서 그들은 서로를 견제하며 침묵을 지키고 있었다.

무림맹으로서는 그것이 무엇보다 다행이었다.

흑도 세력의 반 이상을 차지하는 그들이 복지부동하고 있음으로 해서 흑도팔황중 육황만 견제하면 되었다.

그 일은 군사 제갈진이 비밀리에 추진하고 있었다. 물론, 장강수로채와 녹림이 계속해 서로를 견제하며 침묵을 지키고 있었기에 그것이 가능했다. 그런데 그들 녹림과 장강수로채가 구파일방을 동시에 친다니?

실로 청천벽력과 같은 소리였다.

휘청!

그 말을 끝으로 일화의 신형이 아래로 무너졌다.

닷새 동안 물만 마시고 반송장이 되어가던 그녀는 부축을 받고 이곳까지 와서 몇 마디 말을 하는 것만으로도 기력이 고갈되며 혼절을 한 것이다.

"어서 물을 가져와라. 그리고 미음도 준비해라."

일조장 초두윤이 급히 지시했다.

대원들이 서둘러 움직였고 잠시 후 여자 대원 하나가 미음을 가지고 들어왔다.

유한성이 일화에게 다가가 명문혈에 진기를 주입했다.

고수는 아니었지만 무공을 익히고 있던 일화의 혈맥으로 진기가 스며들었다.

"으음!"

미약한 신음과 함께 일화가 정신을 차렸다.

"우선 미음부터 좀 드시오. 그래야 말할 기력이라도 생길 것이오."

유한성이 미음 사발을 든 여자 대원에게 눈짓을 했다.

여자 대원이 숟갈로 미음을 떠 일화에게 내밀었다.

잠시 망설이던 일화가 미음을 받아먹었다.

몇 숟갈 더 받아먹은 일화가 고개를 흔들어 미음을 물린 후 다시 입을 열었다.

"얼마 전 모든 조직에 이급령이 내려졌어요."

"이급령?"

그게 무언지 알 턱이 없는 사람들은 서로를 쳐다보다가 일화의 입이 열리기만 기다렸다.

"이급령은 본격적인 흑백대전을 시작하라는 명령이지요. 물론, 그 주축은 녹림과 장강수로채입니다."

일화가 숨을 한 번 가다듬은 후 말을 이었다.

"구천련은 연막이었어요. 그들 자신도 그건 모르고 있지만 그들은 초반 무림맹을 뒤흔들기 위한 연막이자 희생양이었어요. 실제로 흑백대전을 치를 자들은 녹림과 장강수로채예요."

연속적으로 터져 나오는 충격적인 말에 모두 침만 삼키며 듣고 있었다.

"그 산적과 수적 나부랭이의 숫자가 많다는 것은 알지만 그래 봐야 도적들의 무리일 뿐인데 어떻게 구파일방을 동시에 공격한단 말이오?"

사조장 포천영이 냉정한 표정과 함께 말했다.

장검을 등에 멘 그는 다른 조장들에 비해 제일 차갑고 냉정한 성격이었다.

"예전의 그들이었다면 힘들겠지요. 하지만 지금 그들의 수뇌부는 예전에 비해 무공이 배는 더 강해졌어요. 또한 그들 속에는 우리 조직… 홍화교의 절정고수가 수백 명은 스며들어 있어요. 모두 구파일방의 장로급 이상의 무공을 지닌 사람들이라고 했어요. 그동안 무림맹의 지부나 지단을 습격한 흑도조직 중에도 홍화교의 교도들이 스며들어 진두지휘했지만 그들은 조족지혈이에요. 진정한 고수들은 녹림과 장강수로채에 웅크리고 있다가 이급령과 함께 구파일방을 동시에 공격할 겁니다. 현재 무림맹에 많은 인원을 차출한 그들은 전력이 약화되어 훨씬 쉬울 것이고, 구파일방이 무너지거나 그에 준하는 타격을 입게 된다면 무림맹도 크게 힘을 잃을 수밖에 없다고 보았어요."

일화가 숨이 가쁜지 잠시 말을 멈추었다.

"허어!"

일조장 초두윤이 탄식을 터뜨렸다.

일화의 말대로 무림맹의 주축은 구파일방이다. 인원으로 따지면 중원 무림세가의 고수들과 자제들이 더 많지만 절정 고수나 수뇌부는 구파일방의 문도들이다. 그들이 구심점이 되어 무림맹을 구성하고 이끌어 나간다. 그런데 그 구파일방이 큰 타격을 받게 된다면 구파일방의 사람들이 사문으로 달려갈 것이고 무림맹의 구심점이 흔들리게 되어 급격히 힘이 약화된다. 그 상태에서 총단이 공격을 받게 되면 정파무림 역시 무너지고 말 것이다.

"당신들을 이용하여 중원에서 정보를 수집하고 모든 일을 총괄했던 공자는 죽었소. 그런데도 이급령이 정상적으로 발

동되어 수행된단 말이오?"

사조장 포천영이 날카로운 눈빛과 함께 물었다.

그들이 모시던 공자가 죽었다는 말에 일화의 표정이 잠시 굳어졌다. 하지만 유한성이 자신들을 찾아와 했던, 마지막 말 속에서 그것을 짐작했기에 더 이상의 충격은 받지 않았다.

"물론 그 사람이 이제껏 모든 걸 진두지휘했어요. 하지만 수십 년 전부터 그 모든 계획을 수립하고 황궁과 흑도무림, 몽고와, 포달랍궁을 아우르는 계획을 짠 사람은 따로 있어요. 그는……."

"몽고와 포달랍궁이라니? 대체 그건 또 무슨 말이오?"

모용표가 놀란 표정으로 고함을 지르며 일화의 말을 끊었다.

"황궁의 돈으로 몽고의 기병 일만에게 철갑으로 무장시켰어요. 또 포달랍궁의 상라마들을 부추겨 비궁의 상승절학들도 봉인을 풀어 익히게 했어요. 일급령이 내려지면 그들도 움직일 것이에요. 그럼 중원 한족들이 씨가 마를 것이고……."

"무슨 이런 일이 다 있단 말인가. 그게 가능하단 말이오?"

이번에는 탁모격이 고함을 질렀다.

놈들의 목표는 정파무림이 아니었다. 일화의 말대로라면 무림은 물론, 황궁과 모든 한족을 말살시키는 것이 목표였다.

정사일통을 넘어선 한족의 말살!

너무 엄청난 말에 모두들 입만 벌리고 있었다.

"말이 될 수도 있겠군. 황궁이 썩어서 이적행위만 하고 있으니 철갑으로 무장된 몽고기병 일만이 쳐들어오면 열흘도 못 버틸 것이오. 무림은 무림대로 정신이 없을 것이고. 그 와중에 홍화교 본대가 들이닥치면 말살도 가능하겠어."

사조장 포천영이 자학을 하듯 중얼거렸다.

"시끄럽다, 이놈아! 네놈은 그렇게 되는 것이 통쾌하기라도 하는 것이냐?"

탁모격이 포천영을 향해 눈을 부라리며 고함을 질렀다.

"그런데 아까… 그 모든 계획을 세운 사람이 누구라고 했소?"

유한성이 분위기에 휩쓸리지 않는 냉정한 목소리로 물었다.

엄청난 얘기에 정신이 팔려 혼란을 헤매던 항마백룡대 대원들도 유한성의 흔들림 없는 목소리에 비로소 마음을 가라앉히고 일화를 쳐다보았다.

"그는 천뇌자(天腦子)라고 불리는 사람이에요. 본 적은 없지만 그 모든 계획은 그의 두뇌에서 나왔고 지금껏 차질 없이 수행되고 있어요. 이곳에서 진두지휘하던 공자가 없더라도 그의 계획은 여전히 톱니바퀴처럼 돌아갈 것입니다. 물론, 아들을 잃은 충격에 조금 흔들리겠지만 그럴수록 더 냉정해질 것입니다."

"아들?"

유한성의 눈이 빛을 토했다.

"그래요. 유 공자께서 죽인 그… 놈은 그의 아들이에요."

일화가 죽은 홍화교 사내를 이젠 그놈이라 지칭했다. 닷새 동안 처절한 배신감에 몸을 떨며 가볍지 않은 증오가 쌓인 모양이었다.

"그리고 어쩌면……."

일화의 표정이 조심스러워졌다.

"말해보시오."

유한성이 안심을 시키듯 부드러운 음성으로 말했다.

"어쩌면 천뇌자 그자가 공자님의 부친을 죽인 원흉인지도 모르겠어요. 얼마 전 그놈이 이십 년 전의 서류를 살필 때 '아버님이었단 말인가?' 하는 소리를 들은 것 같아요. 그때는 무슨 말인지 몰랐는데 아까 공자님이 하신 말씀을 듣고 나니 번쩍하며 그런 생각이 들었어요. 하지만 이건 오로지 제 짐작……."

"그렇게 섬광처럼 번쩍 떠오르는 짐작은 빗나가는 일이 거의 없소."

유한성이 가라앉은 음성으로 말했다.

그 목소리와 함께 유한성의 몸에서 불식간에 퍼져 나오는 살기에 숨이 막히는지 일화의 얼굴이 파랗게 질렸다.

"물러나요!"

장하란이 얼른 일화를 잡아당겨 유한성에게서 멀찌감치

떼어놓았다.

일화가 비로소 막힌 숨을 토해냈다.

그때까지도 유한성의 몸에서 자욱하게 피어오르는 살기는 줄어들지 않았다.

이젠 아버지를 죽인 흉수가 누군지 확실히 알았다.

비록 일화는 자신의 짐작이라고 했지만 그건 어떤 사실보다 더 확연했다.

남궁성진이 수급을 잘라온 그놈이 아버지를 죽인 원흉을 가르쳐 주는 순간에 왜 그렇게 눈빛이 흔들렸는지 납득이 갔다. 또한 목숨이 걸린 상황에서도 끝까지 거짓을 말한 이유도 이젠 이해가 되었다.

뜻밖에도 놈은 자신의 아버지가 유한성이 찾는 원수라는 사실에 당황했을 것이고 그 심정이 바위 위에 드러누워 있던 그 순간에도 눈동자를 통해 표출된 것이다.

목숨으로 어머니를 지켰던 아버지!

이젠 아버지를 죽인 원수를 찾았다.

내 심장이 천 갈래, 만 갈래 찢어져서 멈추지 않는 한 지옥 끝까지라도 따라가서 원수를 갚을 것이다.

그의 아들을 죽였으니 반은 갚았다. 그리고 나머지 반은 더욱 처절하게 갚아줄 것이다.

유한성의 상의가 폭풍에 휩쓸린 듯 펄럭거렸다.

"벼룩이 있나, 왜 이렇게 피부가 따끔거려?"

뒤로 슬슬 물러나던 모용표가 슬쩍 목소리를 높이며 팔을 쓰다듬었다.

그 목소리에 유한성은 비로소 몸에서 피어나는 살기를 거두어들였다.

"일급령은 언제 내릴지 짐작이 가시오?"

유한성이 다시 일화에게 물었다.

"폐관에 들었던 교주가 출관하면 그때가 될 것 같지만 정확한 시기는 모르겠어요."

일화가 고개를 저었다.

"고맙소. 큰 도움이 되었소."

유한성이 일화를 향해 고개를 끄덕였다.

일화는 말없이 눈을 감았다.

그녀의 눈에서 두 줄기 굵은 눈물이 흘러내렸다.

그동안 몸과 마음을 다 바쳤던 조직!

그 조직의 사내로부터 받은 처절한 배신의 충격!

그리고 이젠 그녀 자신 역시 그 조직을 배신하는 서글픈 운명에 가슴이 미어지는 심정인 것이다.

"저 여인과 함께 다른 여인들도 기력을 차리게 도와주시오."

유한성이 장하란에게 지시했다.

"존명!"

과장된 몸짓과 음성으로 답한 장하란이 여자 대원들과 함께 일화를 부축하며 방을 나갔다.

"방금 들은 내용을 상세히 적어 전서구를 통해 총단으로 날려라. 또한 개방 지부에도 알려 최대한 빨리 구파일방에도 소식이 전해지도록 하라."

일화가 나간 후 일조장 초두윤이 부하들에게 서둘러 지시를 내렸다.

부하들이 콩 뛰듯이 뛰며 밖으로 달려나갔다.

무림사 초유의 사태였다.

최대한 빨리 연락을 하고 대처를 해야 한다는 마음은 그들이 더 급했다.

"이제 어쩔 생각이오, 대주?"

부하들을 향해 이것저것 한참을 더 지시한 초두윤이 유한성을 보고 물었다.

"대원들을 모두 모아주십시오."

생각에 잠겼던 유한성이 답했다.

"신 나는 일이 또 있는 것이오?"

탁모격이 반색을 하며 코를 벌렁거렸다.

벌어진 그의 코에서 달아오른 콧김이 쏟아졌다.

"사람 참! 어서 모으기나 하게!"

초두윤이 혀를 차며 말했다.

"복명!"

탁모격도 장하란처럼 과장되게 고함을 지르며 밖으로 달

려나갔다.

　"이젠 제 갈 길을 가야 할 것 같습니다."
　모든 대원이 백화루 마당에 도열한 후 유한성이 조장들을 쳐다보며 담담하게 답했다.
　목소리는 담담하고 낮았지만 공력이 깃들어 모든 대원이 들을 수 있었다.
　"제 갈 길을 가다니… 그게 무슨 소리요?"
　삼조장 탁모격이 두 눈을 크게 떴다. 옆에 있던 사조장 포천영도 뭘 잘못 들은 것이 아닌가 하는 표정으로 유한성을 쳐다보기만 했다.
　"항마백룡대 대주직에서 물러나야 할 때가 된 것 같습니다."
　유한성이 정확한 표현으로 자신을 뜻을 밝혔다.
　"대체 그게 무슨 말이에요? 이런 중요한 시기에 대주가 대원들을 버리고 떠나다니요. 무슨 그런 말이 다 있어요?"
　오조장 장하란이 고함을 치듯 말했다.
　"여러분들도 알다시피 항마백룡대 대주직은 한시적이었고 내 임무는 여기까지였습니다. 더 이상 무림맹에 있을 이유도, 무림맹에서 할 일도 없습니다. 이젠 가문으로 돌아가야겠습니다. 총관님과도 이미 얘기가 되었습니다."
　유한성은 품에서 항마백룡대 대주 신분을 나타내는 신패

를 꺼냈다.

"받으십시오. 원래 일조장님의 것을 그동안 제가 억지로 빌렸습니다."

유한성은 고개를 숙이며 일조장 초두윤에게 신패를 내밀었다.

초두윤도 뜻밖인지 아무 말 없이 유한성을 쳐다만 보았다.

"그동안 많이 건방을 떨었습니다. 양해해 주십시오."

유한성은 초두윤의 손에 억지로 신패를 건넸다.

"그렇게 함부로 할 수 있는 사항이 아니오. 사소한 직책이라도 직책을 위임함에 있어서는 절차가 있는 법이오. 이렇게 거스름돈 주고받듯이 할 수는 없는 일이오."

탁모격이 신패를 잡아 도로 유한성에게 쥐어주며 말했다.

"여기 총관님의 명령서가 있습니다."

유한성은 남궁정한에게서 미리 받아놓은 서찰을 초두윤에게 내밀었다.

서찰에는 유한성이 대주직을 사임하는 순간 일조장 초두윤이 항마백룡대 대주직을 수행한다는 내용과 함께 직인이 찍혀 있었다.

"그래도 이건 말이 안 돼요. 아직 할 일이 많이 남았잖아요. 그때까지만이라도……."

장하란도 강하게 만류를 하려다 일조장 초두윤의 눈치를 보았다.

유한성의 대주직 사임을 만류하는 것은 일조장 초두윤의
대주직 수행을 반대하는 것으로 비칠 수도 있는 것이다.

"지금이 적기입니다. 더 이상은 권력남용입니다."

유한성은 고개를 저었다.

"하지만……."

"이리 주게!"

장하란이 다시 만류를 하려는 순간, 초두윤이 강한 어조로
말했다. 그리고는 잡아채듯이 항마백룡대 신패를 가져갔다.

"일… 조장님?"

장하란이 두 눈을 동그랗게 뜨며 초두윤을 쳐다보았다.

"모두 들었다시피 현 항마백룡대 대주는 사임의 의사를 표
시했네. 그리고 총관의 명령서에는 나를 다음 대주로 지목했
네. 그러니 지금 이 순간부터 항마백룡대 대주는 나일세. 절
차상 문제가 있나?"

초두윤이 사조장 포천영을 향해 물었다.

평소 가장 냉철한 그였기에 이런 순간에는 그의 말이 제일
무게감이 있었다.

"…없습니다."

포천영이 짤막하게 답했다.

"그럼 지금부터 항마백룡대 대주직은 나 초두윤이 수행한
다. 이의가 있는 사람?"

초두윤이 대원들을 쭈욱 둘러보며 말했다.

아무도 입을 열지 못했다. 단지 무척 의외라는 표정으로 초두윤을 쳐다보다가 눈길이 마주치자 눈을 아래로 내렸다.

"그럼 항마백룡대 대주로서 묻겠다. 우리가 총단의 연락을 기다릴 수 없는 다급한 상황에 처했을 때는 어떻게 해야 하나?"

일조장, 아니, 항마백룡대주 초두윤이 사조장 포천영을 향해 물었다.

"그럴 땐… 대주의 판단하에 능동적이고 유기적으로 움직여야 합니다."

포천영이 약간은 심드렁하게 대꾸했다.

대주직 위임에 있어 절차상의 문제는 없지만 뭔가 마음에 안 든다는 표시였다.

"좋아! 그렇다면 내 판단을 말하겠다. 조만간 놈들이 구파일방을 공격할 것이다. 그렇다면 우린 그들의 예봉을 꺾든지 구파일방을 도와야 한다. 현재 이곳 낙양에서 가장 가까운 구파일방은 어딘가?"

초두윤이 이번에는 탁모격을 향해 물었다.

"그야… 뭐… 소림과 개방 아니오?"

탁모격도 뚱한 목소리로 답했다.

"그럼 지금 즉시 그곳으로 달려가 소림과 개방을 돕는다. 마침 정주에 정호회 타격대라는 아주 잘 훈련된 조직이 있다고 들었다. 우선은 그들과 연합하는 방안을 강구하며 최대한 빨리 정주로 진격한다."

"정주?"

"정호회 타격대?"

대원들은 뭔가 생각난 듯 웅성거리며 고개를 두리번거렸
다. 지하에서 수련만 한 그들이지만 유한성이 대주로 있는 동
안 들은 풍월이 있는 것이다.

"우리 갈 길은 정해졌으니 대주, 아니, 젊은 친구… 자네도
이젠 자네 갈 길을 가게나."

초두윤이 빙그레 웃으며 말을 이었다.

"참! 그리고 보니 자네… 정호회 타격대 대주였지. 이것 정
말 반갑구먼. 같은 대주들끼리 앞으로 잘해봄세."

초두윤이 더욱 진한 미소와 함께 손을 내밀었다. 그리고는
억지로 유한성의 손을 잡고 악수를 했다.

"뭐요? 일조장… 아니, 대주! 그런 뜻이었소?"

탁모격이 입을 함지박만 하게 벌리며 고함을 질렀다.

초두윤이 항마백룡대를 능동적으로 움직이며 소림과 개방
을 돕겠다는 말은 앞으로도 계속 유한성과 함께하겠다는 뜻
이었다.

"일… 아니, 대주님! 어린 대주 따라다니며 너구리 짓도 많
이 늘었소. 맘에 들어요."

장하란도 고함을 질렀다.

"정주를 향해 최대한 빨리 진군한다."

초두윤이 검을 뽑으며 고함을 질렀다.

"와아!"

"와!"

"가자! 정주로! 소림과 개방은 우리가 구한다."

항마백룡대 대원들이 모두 무기를 뽑아 들며 목이 터져라 고함을 질렀다.

『무정철협』 10권에 계속…

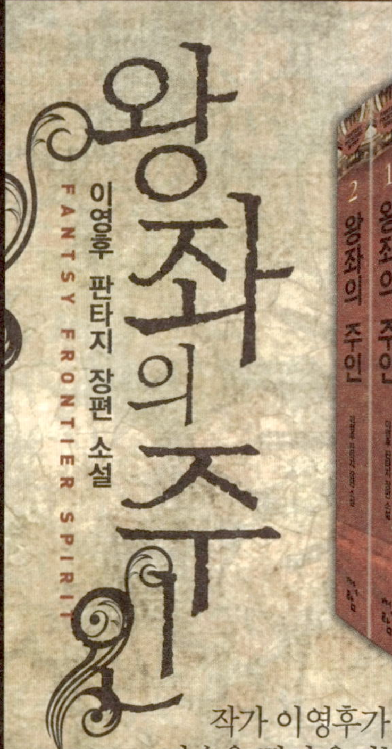

작가 이영후가 선보이는 야심작!
가슴을 떨어 울리는 판타지가 찾아온다!

『왕좌의 주인』

세계를 몰락 위기로 몰았던 이계의 절대자들
그들의 유적이 힘을 원한 자들을 불러들이고…
그 힘을 취한 어둠은 암암리에 세계를 감쌀 뿐이었다.

"세계를 구원할 것은 너뿐이구나."

어둠을 걱정한 네 영웅은 하나의 희망을 키워낸다.
이계 최강의 절대자 티엔마르.
그리고 이 모두의 힘을 이어받은 새로운 존재…
은빛의 절대자 레오!

버퍼
Buffer

이영균 장편 소설

사귀던 연인에게 이별 통보를 받은 어느 날,
송염을 찾아온 기이한 인연……

『버퍼』

처음 보는 노신사와
그가 내민 소주잔… 아니 손길.

"난 그 힘을 버프라고 부른다네."

의문의 힘은 송염에게 이어지고,

"…그리고 이젠 자네가 버퍼일세."

지구 유일의 버퍼, 송염!
그 위대한 발걸음에 주목하라!

Book Publishing CHUNGEORAM